抟(tuán)物(wù)

周公度 — 主编

国际文化出版公司
·北京·

目录
CONTENTS

有一个人	借山而居	冬子　高非	009
	嘉陵，我的摩托车	冬子	022
	猫	冬子	024

专辑：私密阅读	私密阅读简史	王有卯三	029
	影响我的那些东京独立音乐人	程璧	033
	忘不了的书	韩松落	046
	我喜欢的十本书	赵志明	051
	那些影响我的书	廖伟棠	058
	喜欢的几本书	沈黎	061
	学者书房	霍俊明	065

影像	陆上行舟	白莹	071
	百合	顾阿了	089

西班牙来信	堂米格尔	与其	131

小说	以此封缄	乙一　匡匡 译	140

你不能理解的远	动物手册	范晔	155
	少废话	霍小智	169

阅微	人面蛇	朱琺	185
	可怕的童谣	戴维	192

抟物

"抟物 (tuán wù)"一词,源自五代末宋初的著名道士陈抟祖师,以及他的哲学。

抟,篆文字义为"以手圜之"。手从于心,引申为抟心揖志。

作为"太极图"的创立者,他的修为理念,给予我们的启示与佛教《般若心经》一样,提醒我们:一心一意的重要性。

而民间关于他的诸多神通逸闻,正是"抟物"一词的详细注解。

唯有具备了抟物精神,方能精于某一件事物,某一项技能。然后,方能乐于此中,从不厌倦,从不思返。

其间美妙,"如神仙中人矣"。

在当代,做自己,如果不能抟心于物,一意于行,声音再大,仍然不过是他者的副本。

副本即是复制品。

"抟"字反对复制。不仅强调了人之个体的一心一意,还给出了抟心于所爱之物的方法。

所谓"抟物",即对物与事的深研品质,与彻底洞悉的能力。

世界上所有的宗教,本经之外的戒律也是如此,都是为了使得心的杂念消失,归于一途。

抟心于所爱之物。

在这一点上,抟物哲学与宗教殊途同归。

尊重每个独立的个体,并诚意为每个独立个体的专注之心,赞叹不已。

周公度
2016 年 1 月

有
一
个
人

————————

THERE IS
A
PERSON

冬子

诗人、自由艺术家。西安美术学院毕业后不久迁居终南山中，不久前他的一篇生活杂记《借山而居》，刷爆了微信朋友圈，让他意外成了名人。也在比尔·波特后又一次让终南山进入了闹市中人的视野，掀起了年轻人向往田园的热潮。两间村舍，几只猫狗，一畦菜园，是冬子在山中的乐土。和其他山中居民不同的是，他上网、写文、临帖、画画，偶尔采野果、挖野菜，观日落，听虫鸣，优哉游哉。冬子说："终南山有着其他地方不具备的古意。就是那种从古代的气息延续下来的古意……"正是这种气息，让他留了下来。

借山而居

冬子访谈纪录
文 – 冬子 高非
摄影 – 冬子

01
再聊聊你上山吧，你住山上几年了？最初怎么想到这里呢？为什么是终南山呢？

常住的话有两年了吧。促成住在这里的原因挺复杂的，一种是物质的，一种是哲学的。但最初有住下来的想法是2008年。毕业之前的一个夏天，也是写诗的朋友，带我去一个朋友的院子，那天晚上，我们几个朋友，坐在夏日凉风的月夜里，院子主人割了一捆艾蒿，点来熏蚊虫，艾蒿的烟雾里有古琴的声音，我抬头能看见后面山坡有飞檐走壁的采药人。那一刻就觉得自己也被点着了，之后就和这种生活结了缘。

我去过南方，也去过其他地方，发现不管是人还是天气还是环境，都和我的气息不合。只有在西安，在终南山，我才有那种归属感。就像我们翻字帖时，在不明作者的条件下喜爱一个人的字，爱不释手，那就说明，写作者一定是位老朋友，或今生或前世。我说的归属感就是这种，共通。

并且对我来说，终南山有着其他地方不具备的古意。就是那种从古代的气息延续下来的古意。

02
从你那篇在朋友圈里火了一把的文章《借山而居》开始吧，你开始预料过那篇文章的影响么？

最初就是和平常一样的发个朋友圈，因为年终了朋友圈都在感叹，回顾过去的一年都是怎么过来的，我就也梳理了一下，和发朋友圈一样，就是玩儿。但没想到

第二天传播就像失火一样蔓延。对我来说，这是偶然为之的行为，结果却让我非常意外。

03

被媒体关注上后，生活有没有被影响？

其实本来可以有很大的影响，但我都差不多消解掉了，比如很多想来访的我基本都拒绝了，媒体采访也基本都推了。在山顶和山下都看不清这个世界，我更喜欢躲在人群后面审视台上台下的众生相。因为当一个人公众化之后，就再也回不到那种"偷偷躲在背后看这个世界"的生活了。就像明星，他们永远也体会不到挤公交车被一对奶蹭到背的酥香柔软的感觉。丧失了躲在人群背后看世界的那种美好，是最悲哀的事了。正是因为怕影响生活，所以我对"火"的应对，相当谨小慎微。

04

大多数人都有一种围城情结，在外面的时候，想着进来，真正进来之后，却会想着城外。听说你上山之前，也工作了一段时间，现在会想到下山么？

每种生活久了，都会养成属于那种生活的习惯。刚毕业那会儿我在一个画室代课，来来回回跑，待了两三年，其实是有些习惯了小县城那种安逸的生活，工资不低，工作环境也是非常宽松。但那种习惯我在潜意识里很排斥，因为重复。第三届要结束的时候，我开始有点恍惚，觉得重复的生活像翻页一样快，刚送走一届，下一届又要统考了，这让我感到虚无，这种习惯让我不安，越想越紧张。然后就决定回西安。当然，山上的生活表面看上去也是重复的，但其实不是。工作时那种重复是机械的，山上的那种重复却是带着新鲜的饱满。因为关注的对象，是身边的细节，就像你随时可能被一场突如其来的阵雨惊喜到。

而住山上以后，生活久了也会有这个环境里的习惯，比如会懒啊，呵呵。比如每次下去我都会感到不适，太吵了。不喜欢的声音、图像、信息，不对等的价值观，都会无节制、无节拍地强制性地与你发生关系，这太容易让我这种人感到焦躁了。所以有时候我担心的倒不是想不想下山，而是我可能下不去了。

05

山上最难熬的是什么？

一般多久下山一趟？

最难熬的，应该是连续的阴雨天。房子太潮了，屋里有时候会进水。去年（2014）九月还是十月份，西安连续下了十几天雨，整个人都长毛了。

如果不是需要背些吃的，一般不会下去。曾和朋友开玩笑，我说如果有吃有喝，三年不出这个大门我都很嗨皮。我是宅男嘛。

06

一般人总觉得山上挺与世隔绝的，和你在一起，常听你说起山中村民的趣事，你和他们一直保持来往，他们也普遍接纳了你，这点挺难得的，很接地气。

刚上来的时候村民也很警惕，那是因为对他们来说，你是个城里人。其实很简单，把自己过成一个农民，和他们一样辛苦，就安全了。和村民相处太难了，首先你要计较鸡毛蒜皮的得失，不然你就会被当成傻子。但大多数住在山里的人和当地村民都是隔离的，我觉得那种隔离，是带有破坏性的。

07

在你的"借山而居"之后，自媒体复制了很多不同版本的理想田园的新闻，做木工的改造了个工作室，做艺术的包了个院子什么的，层出不穷。有理想的年轻人看到之后开始从庸庸沉沉的时代队伍中转身，实践自己的"借山而居"。完全可以说今年是一个觉醒和回归的"山居年"，而掀起这股潮流的源头，就是你的《借山而居》，你觉得你和他们有什么不同？

不同啊？我种的菜结得很满，我养的鹅会和我玩。

08

你这里有手机信号，能上网，这很重要，你的生活没有刻意拒绝"现代化"。

这个很有意思，人都喜欢以那些表面的东西来做判断。就像住在山里穿个布衣长袍，就是高人了，所以招摇撞骗的唬人的东西，都会很在意那些道貌岸然的形式主义。但很讽刺，形式主义往往都很见效。因为真正重要的核心，人们往往看不到，比如面相和作品。

生活也一样，用什么工具，住什么样的房子，即便是"时尚"，对我来说也只是形式外衣。真正对我有价值的，是这个世界呈现在我眼里的东西。

09

对目前的状态，你觉得满意么？

有吃有喝有余粮，挺好的。

10

你是从什么时候开始画画的？

其实从小就在画画了，但只是画画。真正体验到画画作为艺术带给人的快感是在大三。现在看，那个时候的画就有明显的焦灼感。这说明，画画在那个时候似乎能够开始作为一种语言存在了。

11

你对自己的定位是什么？

诗意地生活着的，诗人。

12

我比较喜欢你的静物作品，有一种中国文人画的意趣，近来画画多么？

画画不多，很惭愧我不是那种对画画很爱的人，顶多是喜欢。甚至喜欢都算不上，所以就很懒。我最爱的是晒太阳，躺在绑在杏树的吊床上幻想。

有一个人 | 013

不过我发现我还是明显比较习惯文人画。我是画油画的么，也同样会思考油画中国化的问题。现在觉得，传统诗意与油画语言的融合，天人合一，才是油画中国化的出口。因为诗意是美学、哲学的体现，所以油画能够从诗的意象和传统人文情怀入手，一定是新鲜的。语言是油画，表达的诗，即如何用绘画来写诗。也就是说，画布只是载体，诗才是唯一的。

13
除了油画，还有些什么创作计划？

我不太喜欢用创作计划来对待画画，画画对我来说，就像男人喝酒，婆娘们打麻将，是下午茶的糖。于我，仅仅是闲散生活里的一个娱乐。

14
我看到你还在临帖，是张迁碑。你的临书笔记我也读过，观点很独到，有看头。

书法是个让人着迷的东西。毛笔落在宣纸上这件事是很庄重的，白纸黑墨。书法不像油画可以覆盖，也不像素描可以涂改，一笔败全篇散，所以每写一笔都要倾注全部精力，胜败在此一笔。这样来看，每一个字都是一首长诗，一笔就是长诗的一个章节，收起来时都得是一个小高潮，最后一章节是整首诗的高潮。

书法有神性，不过我没怎么写，因为眼比手走得快时，有无力感。

15
我很喜欢你的诗，我不愿意定义他们的类型，因为我觉得这就是从你的生活中流出来的，自然而然的，这点接触多了感触更多。

诗歌本来的面貌就是这样的，只是后来被各种桎梏束缚了。我有时候会意淫，诗歌可能很快就会迎来下一个"黄金时代"。

16
和画画相比，你更在乎自己的诗么？

我不喜欢画画，也不喜欢写诗。我只是必须画画，并且写诗，那是我的"存在"。

17
似乎上山后，诗歌产量反而小了，是因为碰撞少了么？

山上的诗太多了，而我在那些诗里面，来不及写。就像最近在试着改变，如何断掉手机，如何去安安静静地欣赏一株植物、动人的美景，不分享，不拍照。把愉悦藏起来，而不需要以分享来不断地去证明存在。写诗，本质其实和拍照一样，会打断感受的时间。更何况，写诗只能接近诗，而始终无法达到诗。

18
很多人喜欢你的"三高僧"，我也能从中体会到那种宗教感，你有宗教信仰么？

我自己是个神秘主义的无神论者，没有信仰。但神秘主义是人类的原始记忆，作为人类，这是血液里带的。所以我还是需要一些仪式来应付自己的怪力乱神，比如邀请三位高僧守在我的宅院里。

19

在山里待久了，会怕黑么？

刚住上来的那几天，我还是有些紧张的，睡觉不关灯。停电的话也会点一晚上蜡烛。那个时候没有养狗，我就把老孟家养的鹅提下来一只作伴。就想着，有个动静就好。但现在经常半夜一个人爬山。就在前天，四点多去解手，起来看到大雾弥漫，美极了，就拄着棍，在附近晃荡了好久才回去睡觉。

我想，人怕黑，怕的应该是未知。现在我所住的山，每一个角落，我闭着眼睛都能看得见。

另外，怕或不怕，是哲学问题，是住山首先就必须解决掉的。

20

听说你父母来山上看过，他们支持你的"山居生活"么？

我爸妈最初听我描述的时候，是支持的。因为我给他们说我在山上过得有多舒坦，多有幸福感。当然我描述的完全是事实。但我爸爸上来后一坐到我屋里，就不支持了，两眼噙着泪，说，没想到你在这里这么苦，这么受罪。因为他们看到的是我的房子很破，条件很差。

就像《小王子》里说的，你给一个人描述一个房子多漂亮多美时，他们是不知道的；当你说一个房子值多少钱时，他们就会马上明白。

我爸妈就是看到了我的房子很破，看不到我的房子多美。

21

再问一个私密的问题，听说你女朋友也是通过"借山而居"认识的，你们考虑过未来的生活么？

如何生活也是有聊过的。我们是异地，比较远，她是很自信很健康的那种姑娘，我能从她身上学到很多。她比较喜欢在路上，而我是很颓废很宅足不出户的那种宅男。这么说，我觉得如果人群在山下，我在山上，那我女朋友应该是在天上飞着的，不过现在她身上的风筝线在我手里。至于生活的细节，平衡点很多，我们都不担心。况且人与人相互吸引必定有其相似之处，之所以我们能在一起，就是因为我们都喜欢这种生活。

22

你家的小院不仅是菜园，也是个动物乐园，听说"郑佳"（狗名）来你这里治愈了抑郁症？

我现在有1只猫，2只狗，3只鹅，5只鸡，两院房。哈，是个大户吧？"郑佳"这个确实是这样。城里养大狗有很多不便，遛狗都是个麻烦。所以就只能关屋里。"郑佳"来之前，天天在地下室关着，长了两岁，连奔跑都没试过，快精神分裂了。刚来的时候，明显眉头紧锁，一脸焦虑。现在跑起来都是笑着的。有图有真相，面

相骗不了人。

23

欧宁在安徽搞了"碧山"计划，还有一些别的乡村艺术改造计划，你有过这方面的想法么？用自己的影响力，重构乡村。

每个有点文艺的人都有乌托邦情结，所以我也有过这种恶俗的想象。但我对任何群体行为都是悲观的。你看那些艺术家和学生闹革命，基本都是粮食还没抢到手，就已经开始排座次、争名夺利了。而即便避免了这点，精英主义也是个例。

24

平时还会读书么？都读什么书？看你读诗和听摇滚乐都不少。

我基本没读过书，印象中三年两本书都没读完，并且其中一本还是诗集，所以这导致我的知识体系不系统。只是我真的不喜欢读书，如果我哪天在看书，一定是因为我需要那个资料，在恶补。完全功利性的。

诗读的也不多，零零散散的。摇滚乐听的不少，以前上学的时候，每天都在租的小屋里，经常对着电脑一整天一整天找歌，把那些好听的论坛里的音乐一个一个

试听，听到好听的就存起来，放进硬盘里，然后按照"暗黑"、"另类"、"哥特"、"硬核"、"民谣"、"金属"、"新古典"等等，一个一个分类。想听的时候就挑出一个，循环播放。

现在不听了，每种音乐有属于每种音乐的情境，山上的情境，适合对面寺庙的钟声。

25

你的杂文也写了不少，挺高产的，听说也要结集出版了？

出版社约的。我有记笔记的习惯，生活中很多话题一闪而过，值得反复咀嚼的我都会以文字的形式记录下来，所以那本书的内容大部分是以前笔记的延伸和补充。

26

如果有一天你下山了，能想像一下是什么原因么？

爱。

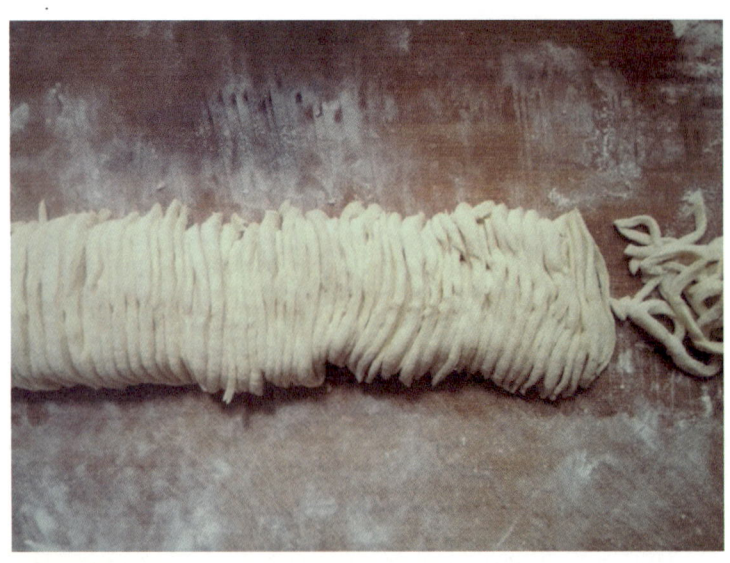

有一个人 | 021

嘉陵，我的摩托车

文 – 冬子

嘉陵，不只是它的牌子，也是它的名字。

1

我的摩托车，跟了我有三年了，是我在鱼化寨二手车市场，花了一千三百大元买的。刚来的那年，上山都是走着，下山买一次粮食，都要爬上两个小时。有了摩托车以后，爬山的时间就缩短了。

2

我是比较喜欢摩托车的，轻便，驾驭起来和身体同步。尤其是山路相对比较窄，摩托车的性能优势就更是凸显。只不过摩托车在冬天，就不太方便。不过还好，冬天我一般在冬眠，不下山。

3

有时候朋友来玩，回去比较晚的，下山的时候我会送一段。嘉陵的后座坐过东旭。这个胖子，压得嘉陵差点罢工。坐过阎洲和葱哥夫妇，葱哥在后座，叫得像坐过山车。这几年，嘉陵的后座，坐过很多人，最多的，是乐乐。

4

这种款型的小摩托，据说上山都很困难，但我的嘉陵，这个老牌子的小马达，开起来像越野一样。六十度的斜坡，小二档，轻轻松松就上去了。于是你发现不管是老的工艺，还是老的工业，做工都是很用心的，就像我大门口那把"华山牌"老锁，鸡蛋大小，沉甸甸的，前天钥匙给弄丢了我拿锤子去砸，铁棍都砸弯了，锁芯还没弹出来。我只好动用切割机，一边切锁把，一边致敬老锁匠，致敬那个不浮躁、不投机的时代。

5

有时候带的东西多了，会有点心疼我的摩托车。刚上来铺水泥地那次，我用摩托车往山上驮水泥，来回十几趟，握扶手的胳膊都累得酸疼了。摩托车更是因为持续过量地负重，像头累倒了的老牛，一下苍老了许多，突突突的声音都没有之前响亮了。后来我专门带它做了一次检修，换了机油和链盘，矫正了前刹车，它才算精神抖擞了一些。

6

嘉陵车头前面的车篮，从买回来的时候就是有裂缝的。刚开始，可以漏个葡萄，后来买的西红柿会漏掉，现在买个西瓜放前面都会漏掉。作为一个盛货的车篮，本来就已经这么不堪了，上次又给摔了一跤，车扶起来后，正方形的铁丝篮被压成了三角形，左手的后视镜也给摔折了，这下真的连偷车贼都不会惦记了。不过，嘉陵，我的摩托车，却是看上去更酷了。折弯的后视镜，压扁的车篮，还有那放荡不羁的突突突的发动机，一看就是辆有故事的摩托车。

7

我的摩托车，和我一起经历过很多，有次油耗尽了，我推着它去加油，推了两公里，一路上我都在埋怨它。今天看见它，突然想给它写篇传记。我的摩托车，和别的摩托车不一样，我已经认识它三年了。

猫

文 – 冬子

我已经记不大清以前对猫的偏见了，大概是认为猫这种动物很诡异，只是记得，以前是很不喜欢猫。刚毕业那会儿，在山下的出租房，养过一只小猫。一定是因为它长得太漂亮了，像个小女孩一样。叫起来软软绵绵，像是撒娇，很有杀伤力。那是我养的第一个"宠物"，每天陪它玩，还给它洗澡，很新鲜，所以很用心。只是这只猫命运不太好，带到山里跑，吃到药，夭折了。

后来在山上住下来以后，邻居家猫刚好生了宝宝，我就挑了一只作伴。就是现在的这只黄色的猫。它是我院子里唯一没有命名的小动物。很奇怪，我们见到狗，一般会叫它的名字，一见到猫就会叫"咪咪咪咪咪咪……"。于是还没来得及起名字，"咪咪咪咪咪……"就成了惯性的称呼，很难再改口。

所有的生物，小的时候，眼神都是一样的。像小鸡、小鸭子、小狗、小猪、一两岁的小宝宝，包括植物刚结出的果子、小花苞，都是懵懂天真，可爱至极。有时候都想挠一挠刚结出来的番茄宝宝。那果实如婴儿般娇嫩，捧在手里，心都碎了。小猫刚带回来时，也是。

它的童年算是很受宠的，整个秋冬都在屋里睡。晚上怕它冷，我在自己的床底下放一个盒子，把毯子给它折成软软的床垫，让它卧在里面。吃饭的时候，我也会把面条分一些给它吃。我在院子里晒太阳，它就爬到我腿上，伸懒腰，打呼噜。稍微长大点后，我觉得它应该能够独立了，不应该再卧到我床底下了，并且总是早上醒来都得给它扫粪便。卧室里有猫屎的味道不说，天热了，跳蚤也会被它带进来。于是我开始试着让它自己在院子里睡。

猫和狗不一样，"土豆"和"蓝蓝"冬天时也在屋里卧，后来不让它们进屋，只是大声呵斥几次，它俩就懂了。门槛的存在，就像一个屏障，它俩再也没有跨越过。但猫不像狗那样有原则，每天我把它轰出去，一转身它就钻进来。拿着小竹棍赶它，它还得意地窜来躲去，就好像真的拿它没办法。直到有一次我恼羞成怒，堵它在墙

角,狠狠地抽了几棍。现在想起来,那次我下手很重,应该是带着恨的。那种恨,像来自一个暴君的霸权。

从那以后,猫和我的关系就稍微有了点距离。它开始有点怕我了。

最终失宠,是因为吃的。猫和狗真的不一样,假如同时有一根火腿肠和一个馒头,狗吃不到火腿肠,会低头吃馒头。但猫不行,猫只要吃不到火腿肠,宁愿饿着,也不会去吃那个馒头。并且,对火腿肠的惦记,让它像急红了眼的恶鬼,撕裂着叫,两眼放光,感觉随时都会控制不住扑上去。那姿态,实在太令人生厌。而且,当猫开始尝到火腿肠的滋味以后,就再也不想吃馒头了。

结果就是,猫开始不好好吃喂它的食物,整日惦记着我炒的菜、鸡蛋、肉。开始偷吃。好几次我下山买了点肉,自己还没吃到嘴里,转眼的功夫,就被猫拖到地上了。我没有什么办法,就是打。可是猫这种动物,面对肉的那种穷凶极恶的渴求,是失去理性的。狗的话,揍一次,就不再偷吃了。猫的话,只要打不死,就偷吃。所以它越偷吃,我越气急败坏地揍它。直到有一天,揍得我都绝望了,开始无奈地把它拴起来。

养猫本来是防老鼠的,最后老鼠是没了,猫却成了比老鼠更可恨的角色。

我想猫应该也是不想在我这待的,只是就像被家庭暴力的妇女。她们不知道离开那个家后该去哪,比起家暴,她们更怕未知。

相由心生,现在猫被鹅欺负,被狗欺负,被鸡欺负,我也不待见它,于是,它就长成了这副焦虑的模样。它现在和我的关系越来越远,没有离开,仅仅是我这还能有口吃的。我也想过将它送人,因为猫这种动物,只能富养,最好是一个爱猫的小女生把它抱在闺房里,睡柔软的床,每天给它吃火腿肠。但就像走到尽头的情侣要分手一样,真的下决心要将它送人时,却又总是舍不得它曾经让我心疼过的样子。

专辑：私密阅读

ALBUM: PRIVATE READINGS

黃帝內經素問序

啟玄子王冰譔　新挍正云按唐人物志冰仕唐
　　　　　　　　為太僕令年八十餘以壽終

夫釋縛脫艱全眞導氣拯黎元於仁壽濟嬴劣以獲安
者非三聖道則不能致之矣孔安國序尚書曰伏羲神
農黃帝之書謂之三墳言大道也班固漢書藝文志曰
黃帝內經十八卷素問即其經之九卷也兼靈樞九卷
廼其數焉、新挍正云詳王氏此說蓋本皇甫謐甲乙
經序又有鍼經九卷之序彼云七略藝文志黃帝內經十
今有鍼經九卷素問九卷二九十八卷卽內經也亦
經而用之又素問外九卷漢晉皆亡及兩晉專名
道而只有素問八卷皇甫謐名為
經云只為黃帝內經二帙各九卷
操云黃帝內經

私密阅读简史

文－王有卯三

记录了由丰富的经验梳理而成的
系统中医理论，
是宫廷与民间行医者的必备之书。

王有卯三

1975年出生于连云港。法国文学博士，上海社科院研究员，学者。现居上海。

历史上，书籍一旦成为"私密阅读"的对象，往往是因为被官方禁止，还有一种可能是出自流通的困难。流通之难是古代知识领域的主要现象，这造成许多珍贵书籍的消失，和学者们的"秘而不宣"，以及官府不外传的收藏。以至众多的智慧之书，成为民间之人口中的"秘籍"。但在更为宽阔的视点上，私密是公共的侧面，是追求智慧之人的"秘籍"。

在中国，现存最早的"秘籍"是《黄帝内经》。该书成书于战国，但最早在商末周初便已通过各种方式流通。该书记录了由丰富的经验梳理而成的系统的中医理论，是宫廷与民间行医者的必备之书。其次是战国时期的卫国人鬼谷子的著作。鬼谷子的四位最有名的弟子，兵家的孙膑、庞涓，纵横家中的苏秦、张仪，这使得鬼谷子成为"纵横捭阖"的代名词。两千多年来，署名为鬼谷子的《鬼谷子》一书依然是从政官员们的周末攻读之书。

在欧洲，最早被誉为"秘籍"的，也是出自实用主义的典籍，而非理想主义的哲人们诸如苏格拉底、柏拉图、亚里士多德的那些耳熟能详的作品，而是他们对自然科学的研究。如柏拉图的《法律篇》与演讲术，亚里士多德的《物理学》与《动物志》。诗人埃斯库罗斯、萨福等的作品只是生活的调剂品。

在罗马，最可爱的秘密之书，却是一本农书，即公元前195年罗马的执政官M.P.加图所著的《农业志》。该书记载了古罗马农业种植上的种种秘密，以至于被称为古罗马强大帝国的隐形之力。当然这有些言过其实，在现代的学者看来，这本

从政官员们的周末
攻读之书。

该书记载了种种古罗马农业种植上的秘密,以至于被称为古罗马强大帝国的隐形之力。

被一代代杰出的学者视为秘密之书。

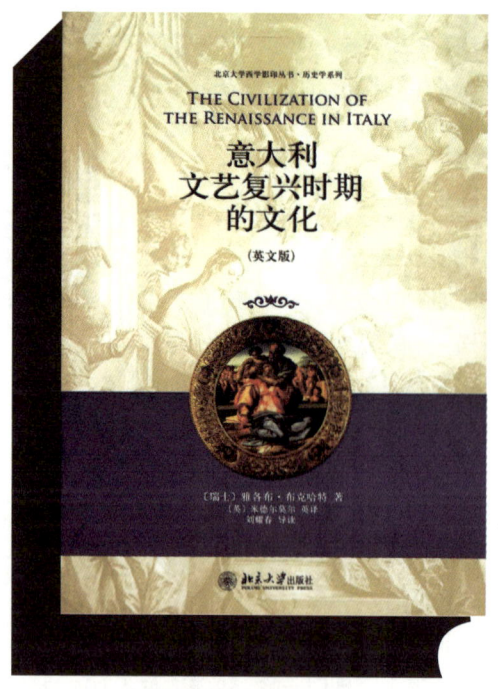

只需阅读几个章节,那辉煌时代的气息便扑面而来。

在欧洲,最早被誉为"秘籍"的,也是出自实用主义的典籍。

有趣的农书证明了加图是一个难得的理财高手和有名的小气鬼。

在古印度，实用主义的书籍却是成书于公元前500年左右，婆罗多牟尼所著的《舞论》。而不是帕尼尼的《梵语语法》，成书更早的"四大吠陀"，与此后的史诗作品《罗摩衍那》。但鉴于印度区域自古而来对女性的蔑视，本文不拟对这本记载古印度戏剧美学的书籍多做介绍。当然，这本书对音乐与舞蹈的精湛分析，实在是太令人惊叹了。

跨过欧洲漫长的中世纪，个体的秘密阅读成为时代的群体现象。最著名的群体知识现象是意大利的文艺复兴，与伊斯兰世界对希腊罗马时代的著作的翻译时期。关于文艺复兴的文化，19世纪杰出的瑞士文化史学家雅各布·布克哈特的《意大利文艺复兴时期的文化》做了经典记录。只需阅读几个章节，那辉煌时代的气息便扑面而来。

至于后者，一个规模庞大的种族对另一个种族所塑造的知识的强烈兴趣，最早版本的《古兰经》便体现了信谊与知识之间的协调关系，并预示了宏阔未来的图景。那种对原初文化的渴慕至今令人深思。在这个意义上，《圣经》与《古兰经》都成了人根据道德依归选择的内心规范。此处给予我们最可贵的结论则是，对圣典的阅读无疑是不需言说的秘密。

而在哲学家尼采《查拉图斯特拉如是说》对基督教的各种弊端进行横扫之后，又制造了一个短暂的个人私密阅读时期——古老的欧洲文明的学者与崭新的美国的学者，对东方文明产生了比马可·波罗还要浓厚的兴趣。对东方文明的探索，成为与工业革命一起成长起来的民主思想的另一个光彩熠熠的智慧之源。公元前10世纪的波斯古经《阿维斯塔》被一代代杰出的学者视为秘密之书。随后他们还发现了日本崛起的秘密：对古中国典籍的巨大而琐细的收藏、研究，与对欧洲近代以来自然与社会科学书籍的系统翻译。

日本对中国古籍的收藏，连中国也只能闻之叹息，以至在中国消失已久的图书，需要从日本重新引进。如清嘉庆十二年（1808）重刊的隋代萧吉所著《五行大义》。是书在遗佚数百年后再获流通之时，在国内易学界的赞誉度，一时之间，直追民间占卜经典《滴天髓》。而在日本流通、收藏，在国内失传的中国医学之书，更是不可枚数。

私人的秘密阅读可以使个人的智慧超出同辈，而一个国家与种族的阅读却是国家之间的竞争。

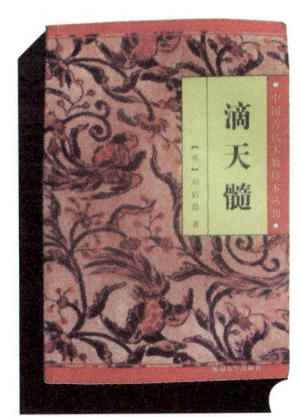

在日本流通、收藏，在国内失传的中国医学之书，更是不可枚数。

程璧

旅日音乐人，词曲创作者。以一把古典吉他进行音乐创作，为诗歌谱曲，包括中国诗人北岛、西川，日本诗人谷川俊太郎，土耳其诗人塔朗吉等国际诗人作品，嗓音"又优美又沉静，又清亮又崭新"，被称为"离诗歌最近的声音"。目前为止已发表独立音乐专辑《晴日共剪窗》、《诗遇上歌》、《我想和你虚度时光》。北京大学东语系硕士毕业后，曾工作于东京设计中心原研哉设计研究所，现居东京，独立从事艺术创作与写作。

2012年9月，独立发表创作专辑《晴日共剪窗》，主打歌《晴日共剪窗》多次列入各大音乐网站TOP10推荐曲目。

2012年11月，《给猫夏的你》日文版作为"耐震住宅100%"TVCM曲在日本全国电视台32都道府县公开播放。

2013年10月，发表单曲《心想唱歌就唱歌》，被CCTV15音乐频道指定为大型音乐节目《寻找刘三姐》主题曲。

2014年8月，正式发行全新创作专辑《诗遇上歌》，在京东全国销量连续位列TOP榜单，并获得中国诗人北岛，西川，日本诗人谷川俊太郎，国际级设计大师原研哉以及大陆主流音乐媒体平台官方推荐。

2014年10月，参与湖南卫视《天天向上》栏目民谣专场录制。

2015年3月，加入"虾米寻光计划"，发表春日新专辑《我想和你虚度时光》，虾米音乐上试听量破千万。

2015年5月1日，参加长江国际音乐节。

2015年5月20日，程璧x荔枝FM"我想和你虚度时光"全国剧场音乐会巡演正式启动，包括广州、长沙、成都、上海、济南、北京六个城市。并同期在当地大学以及书店举办庭院分享会，讲述独立从事艺术创作的感受与认知。

2015年5月28日，获得"华语金曲奖年度最佳国语女新人"。

2015年6月20日，获得中国第五届（2013—2014）后天双年度文化艺术奖。

程璧个人官方网站：www.annapatio.com

本文照片均由作者提供

影响我的
那些
东京独立音乐人

文 – 程璧

序

　　当我在东京这个城市真正地住下来，我开始去逛那些慢生活的街区。比如满是古着店、杂货店，住着很多奇奇怪怪喜爱艺术的人的下北泽，再比如闲适如同欧洲小镇一般的自由丘，或者坐电车，去远一点的下町生活气息浓厚的三鹰。

　　这些街区最大的共同点，是聚集着一些具有独特品位的音乐咖啡馆，让人充满好奇。走进里面，常常能与一些具有不可思议能量的"独立音乐人"不期而遇。他们各自轮番演奏着自己最熟悉的乐器，唱着自己平日写下的那些歌曲。完全脱离了夸饰的灯光和舞台，朴素、自由、不受束缚地唱着。

　　在他们的歌里可以听得到"生命"。

一

　　首先，第一位要与大家分享的歌者，是福原希己江（FUKUHARA KIMIE）。初次认识福原希己江的音乐，是源于东京的一位摄影师朋友的推荐。这位摄影师名叫裕树，那时他来北京旅行，夜里来学校与我见面。再次见到老朋友我格外开心，与他一起坐在北大燕南园，边聊天边吃煮花生。

　　他说有一天，他在东京的一家小 LIVE HOUSE 看演出的时候，遇到了一位喜欢的歌者，就是福原希己江。他说，她最近出了一张原创专辑，名字是《美味しい歌》，中文意思就是《好吃的歌》。我感叹道：专辑还可以有这么有趣的名字，那里面是什么样的歌曲？于是他放给我听。当裕树按下播放键的那一刻，仿佛世界瞬间变成她和她所演唱的那些食物和故事了。她的声线不甜不腻，自由朴素，唱着那些最司空见惯的日常食物。和弦走向毫不扭捏，听者的思绪却会跟着她的旋律一起翩翩起舞。

　　后来，我在东京三鹰市的"音乐时间"咖啡馆专门听她的小型音乐会。结束后与她打招呼，感觉她是一个很爽朗、有着幽默感的姑娘。那天她演唱时候，就穿着常去的日式鲷鱼烧店里专门印制的纪念 T 恤，上面画着大大的鲷鱼烧。然后她边弹着吉他，边悠然地唱出她那首专门为鲷鱼烧而写的歌。歌词是："一边吃着鲷鱼烧，一边回家。一边加着调味料，一边走着。他最近好吗？感冒好些了吗？心里想的全是这些。"

　　印象深刻的，还有她的那首《青椒肉丝》。在日本，青椒肉丝作为中华料理的一道代表菜，已经家喻户晓。她也很爱吃。这首歌的旋律轻快俏皮、朗朗上口。她在歌词里写道："有一天，我去街上买了一口中华大炒锅。没有这个就做不成一样东西，那就是你和我都特喜欢的青椒肉丝。做法其实并不难，把蔬菜和肉用大火炒一炒。青椒、红椒、蘑菇、牛肉，火候一到，就做好咯。"

　　如今我在演出现场，也会时常唱起这首歌。歌词虽然是日文，但大家听到"青椒肉丝"的时候，就会恍然大悟一般笑出声来。可能是把"青椒肉丝"这么一个日常普通的词汇放在歌曲里面唱出来，一下变得不一样了吧，有种特别的趣味性。可以超越国界的一些东西，除了艺术，还有就是食物了吧。

　　后来才知道，其实那年热播日剧《深夜食堂》里面出现的吉他弹唱姑娘就是她，而且整个片子的歌曲音乐部分都是由她来完成的。因此她收获了很多听众，《好吃的歌》专辑也在短时间内卖出去一万张。这个销量在如今的数字音乐时代，是相当可喜的。

　　有一次浏览她的 Facebook 主页，发现她在介绍朋友家的米店，还因此写了一首关于大米的歌。感兴趣的朋友可以找来听。在她的第二张独立制作音乐专辑《互相靠近的人们》里，编曲有了一些改变。之前只有一把古典吉他的伴奏，现在开始变得丰富。但每次听到她的曲子，里面都有着一种让人发自内心的快乐。低吟浅唱的，都是生活里最真实的味道。

二

与福原希己江的"日常"风格有一些不同的，是另一位我非常喜欢的东京唱作人，名字叫汤川潮音（YUGAWA SIONE）。她有着空灵与唯美的声线，是一位非常具有北欧田园浪漫主义气质的歌者。

听到她的第一张专辑，是2008年出版的《灰色とわたし》（《灰色和我》）。里面的歌是她自己一个人远赴欧洲，在郊区的录音室，与音乐朋友一起制作完成的。里面的她声音悠远、清透，每一个乐句、每一段旋律，都诗情漫溢。

专辑 | 037

  再后来听到她的那张 *Sweet Children O`Mine*。整张专辑竟然把西方近年来的经典摇滚曲目拿来重新改编。比如 Oasis（绿洲乐队）的 *Don`t Look Back in Anger*，Bobby Mcferrin(博比·麦克费林）的 *Don`t Worry, Be Happy*，甚至包括 Radiohead（电台司令）的 *No Surprises*。全新的抒情民谣风格编曲与演唱，让人耳朵为之惊艳。

  在这些翻唱曲目中，我最爱的，是她改编自 The Pretenders（新浪）的那首 *Don`t Get Me Wrong*。完全消解了原曲的快节奏和紧张感，换成浑厚贝司的温柔烘托。她带来的是春末夏初的无限浪漫。

  她的最近的新专辑是《濡れない音符》，意思是不会潮湿的音符。这里面的编曲与以往的作品风格又有不同。这次使用的乐器里面，没有她最常使用的古典吉他，几乎全部以钢琴为主伴奏乐器，再往上叠加各种古典乐器，如小提琴、大提琴、风琴……完全走室内乐路线，越来越有"教会感"。

说来有趣，迄今为止，她的所有巡演专场音乐会，地点都选择在当地可以承办音乐活动的教会。感觉并不是因为她本人的宗教信仰，而是在这样的空间演唱，更符合她演唱时候的庄重感，姿态非常虔诚。

有一位朋友，在我的推荐下，看了一下她的现场录像，然后跟我说的第一句话是，"她唱歌的时候几乎不笑啊，没有表情的样子，看起来让人感到有点害怕"。我想，一定是因为平常他所看到的，都是电视上播出的那些女子偶像团体露出很多颗牙齿的笑容。

在这个世界上，唱歌的人有很多种。有的是唱别人安排好的歌，有些是唱自己内心流淌出来的歌。这样的歌，不迎合，不争露头角，在自己的领域做到极致，懂的人就懂了。就像是她和她的音乐。

有时候，给人内心传达一种能量或者是温暖，并不只是一张扑面而来的笑脸。

那还是浅层次的。真正抵达并稳据内心的一股力量,从来都不是对方急切地抛给你的。当有一个人,自顾自若地认真生活和歌唱,而你看到世界上还有这样的与自己不同的人以后,会一下生发出对平常所见的世界和生活更多更美好的憧憬。

　　这有点像禅的顿悟——那一刹那。我相信禅是存在于每日生活里的。那是一种无法描述的,唯有自知的,内在而笃定的喜悦。

　　突然发现,我所欣赏的歌者,以及在任何领域从事艺术的人,大都是在用他或她的方式,让我在一瞬间感受到了这样一种禅意。

三

　　优河(YUGA),又是一位气质非常特别的唱作人,可以说富有朝气而优雅。

有时候，似乎有点男孩子气，所以朋友亲切的称呼她为"相扑手"。

初识她，是某日我在东京涩谷，一家名叫 SARAVAH 的 LIVE HOUSE 演出之后。那晚她正巧也在。她坐在下面听了我的歌曲，然后一起聊天，才知道原来她平时就在这家店里打工，每月在这举办一次音乐会。并且，她已经在这家 LIVE HOUSE 的音乐厂牌下，发行了她的首张音乐专辑 *elegant*。

这是我很喜欢的一个英文单词，它有着举止优雅的意思，也有简洁大方的意思，代表了一种好品位。

除了这个 elegant，另外两个我一直很中意的英文词汇，是 vintage 和 antique。我常常在东京的古着店、中古家具店，看到有这两个词的标签描述。在我的理解里，这两个词不只是代表复古，也代表一种严谨和端庄的审美要求。

在与优河的谈话中，我了解到她高中时候，已经独自一人赴澳大利亚留学。目前，她回到东京，就读于一家专门的音乐作曲学校。虽然还没有走出校门，但我感觉她已经有了大部分音乐在校生所没有的阅历和胆识。在舞台上歌唱的她，从与乐队键盘手、鼓手以及贝司手的默契配合中，我能很明显地看出，她在整个乐队中占据着灵魂和主导地位。

她五官精致，但外表不是那种柔弱的女生，也不是那种酷酷的女生，大家开玩笑叫她相扑手，可见其具有深深的憨萌女汉子气质（笑）。但是她写的歌却又那么细腻，一段旋律通常很长，转弯很久，余音不绝，有一种令人回味和深思的美感。

歌唱时候的她，和平时嬉笑的她，全然像是两个人。或者更准确地表达，是有着两面性性格的人。而这两面，居然很默契地住在同一个身体里。在恰当的时候，表现出恰如其分的姿态，让人并不觉得突兀，或者惊讶。

听她的现场，听她唱歌，确实能让人感觉到朝气和力量。最重要的，是听到一种年轻女孩通常没有的深厚底气。她的旋律走向会让人听着着迷，并很快记住。她从音乐学校毕业后的表现，以及之后的专辑，我都很期待。现在国内很多音乐网站还找不到她的歌，但这也会是不久之后的事。

四

认识羊毛和花（YOUMOU TO OHANA）的音乐很早。那时我还未到东京，却已然从他们的歌里，听到了这座城市的某些气质。

他们是一男一女，两个人的独立民谣组合。男生名字叫做羊毛，专注弹一把古典吉他；女生名字叫做花，是这个组合的主唱。很有意思的是，和前面提到的汤川潮音一样，这些东京独立音乐人，都喜欢翻唱上世纪西方的经典英文歌，而且都演绎出了自己的风格，别有趣味。

羊毛和花翻唱过很多经典欧美歌曲。包括英国著名歌手斯汀的 *Englishman in*

New York。带有主唱花独特气质的卷舌系英文发音,让我再一次爱上这首歌。非常推荐他们2007年的专辑 *LIVE IN LIVING'07*。他们的专辑都是在现场直接录制,音乐的鲜活与生命就在现场。那种身临其境的感染力,是唱片刻录永远传达不出来的。

另外,羊毛和花的演唱空间选择,都是在当地不起眼但非常舒适的小咖啡馆。这也非常符合他们音乐里轻松而且自由的气质。这使我开始注意到,音乐的发生空间,确实也会反过来影响音乐的气质。观众在不同的空间,即使听到同样的音乐,整体感受也会不同。因此音乐人根据自己的音乐特点,选择合适的音乐场地,是一件很重要的事。

像之前所说的汤川潮音,她的音乐现场常常选择在当地教会。因为她的声音空灵而悠扬,带有一些庄重的气质,十分适合在教会这样的场合展现。而羊毛和花的音乐,大多发生在带有文艺气息的安静咖啡馆,而且他们的音乐开始最多被播放的场所,也是这样的咖啡馆。后来他们甚至举办了在全日本这样气质咖啡馆的巡回演出。来到这里的人们的气质和他们的音乐很契合,歌者和听者是合拍的一类人。

就像那句歌词里唱的,"Too many people take second best, but I won't take anything less",这种对喜爱的事物,对音乐、情感甚至空间的极致追求,都是一种严谨的艺术态度。

五

下面这位音乐人名字的介绍,似乎有点难。因为她的名字根本没有汉字,就是一串片假名:カラト ユカリ(KARATO YUKARI)。

第一次遇到她,是在距离东京稍微有些距离的三鹰市。出了三鹰站之后,左转走不到十分钟,有一家在地下一层的音乐咖啡厅,名字叫"音乐时间"。里面的家具布置,有点昭和气息的古旧感。舞台是用常见的绿色黑板做背景,上面画了手绘粉笔画。

在她开始唱第一首歌的时候,我就被她脸上的表情和传达出来的氛围吸引了。她和福原希己江很像,大概同样都是在这家咖啡厅活跃的音乐人,她们具有的共同特质,就是朴素和真实。歌也是,虽然讲的是很平常的生活小事,但有滋有味。

我想,我被她一下深深吸引到的,更具体一些,是她那满脸洋溢的幸福感。那种唱歌的时候,感觉人生很饱满、充盈,熠熠发光。她的歌,无论是旋律线,还是歌词,常常是出人意料地随意。有时候一整首歌都没有歌词,就是一个字的哼唱。但是,这不会令人觉得乏味。因为你看着她脸上的表情,进入她的小世界,会跟着她的音符一起想象,会觉得空间无限大。

有时候她唱歌,会唱着唱着,乐器先突然停下来,只剩人声,之后又很自然地接上去。最先听到的那首《给全宇宙最喜欢的那个人说声"喂"》,就是这样。光

听歌曲名字就会觉得是被一直爱着的人才会写出的歌。有点赖皮，有点撒娇，有点肆无忌惮。那声"喂"里面，是无比甜腻的宇宙幸福感。

尾

关于东京的独立唱作人，其实还有很多。

最近发现的一位音乐人，名字叫做青叶市子（AOBA ICHIKO），一把古典吉他，曲子演绎得古灵精怪，有点玄妙，有点细腻。听她的歌，会五味杂陈，会有无常感。

东京这座城市，给我最大的感受，就是它的多元、包容和接纳性。

有着西装革履的工薪阶层，车水马龙的热闹街区，但又同时生活着这样一群有趣的独立唱作人。

她们认真地感受着生活，去创作，去歌唱，让匆匆奔波的人们，在音乐中感受着片刻的安宁。

忘不了的书

文 – 韩松落

韩松落

　　专栏作家。著有《窃美记》、《为了报仇看电影》、《我们的她们》《怒河春醒》。华语电影传媒大奖、华语优质电影大奖评委。《GQ》中文版 2012 年"年度专栏作家"。

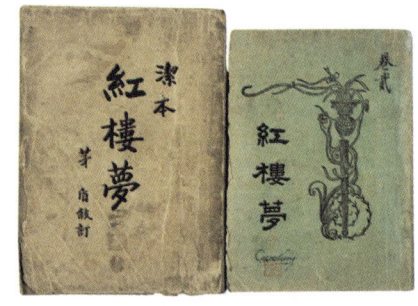

　　股灾之后，看到一篇文章，劝散户远离股市，因为股市充满不确定性，容易让人产生空幻之感，进而精神抑郁、脱离社会。在财经文章里，看到"空幻之感"这样的词语，有点愕然，这一类的文章，基调从来都是肯定，肯定目标读者们的自信，肯定他们的控制欲，是另一种玛丽苏（自恋）。但红到尽头便成灰，再强大的控制狂，也总有能力见顶的时候，眼见着一切都失控，一切都崩塌，空幻之感就来了。

　　也该来，就像麻疹，迟来不如早来，早来早免疫，早来早成长。我的空幻之感，来得比较晚，不是因为幼年的动荡，过早看到《红楼梦》，以及经历生离死别，所有这些，在心智未开的时候来，也是白来，不会留下什么痕迹。空幻之感，也得天时地利人和，得在人生的节骨眼上，实施精准打击，就像阿喀琉斯的脚跟裸露出来的时候，给他狠狠来一下。

给我精准打击的,是保罗·奥斯特的《幻影书》。那年我经历了生病、离职、离乡,开始还兴致高昂,觉得新生活就要开始了,可以撸起袖子大干一场,就在这个节骨眼上,《幻影书》被推到我眼前。我在北京西客站附近的小旅馆里看完了这部小说,从此以后,看什么都换了眼光。

以小说的标准来说,《幻影书》不算最好的小说,保罗·奥斯特也不算最好的作家,他离电影业太近,或者说,他一心要离电影业再近一点,所以,他的小说里,充满了"适合改编"的东西。有时候他按捺住了自己,努力消灭自己小说里的"奇趣",但那种"奇趣"像是被赶出家门的狗,认得门,要不了多久就找回来了。只不过,重要的情节重复三遍之后,就会成为风格,那些大大小小的巧合,以及主人公在巧合面前的故作惊讶,渐渐成了保罗·奥斯特小说的标记。

构成《幻影书》的,是一连串的巧合和转机。主人公戴维·齐默是大学教授,在接连遭遇劫难之后,看到了默片时代的谐星海克特·曼的电影,于是他对海克特·曼的电影及生平发生了强烈兴趣,并写了论文发表出来。随后有人找上门来,自称是海克特的使者,要带他去某个庄园里见海克特,齐默也由此知道了海克特的经历。在默片时代将要结束的时候,海克特遭遇了强烈的重创——他的未婚妻杀死了他的情人。悄悄处理了尸首之后,他在被发现的恐惧中选择了自我放逐。他隐姓埋名,他做苦工,他戴上面具去做色情表演,最终,他遇到了自己的伴侣,可巧她是个富家女,他们在沙漠中的庄园里隐居,开始拍摄电影,邀请知己观看,观后即焚。他给庄园起名为"蓝石",因为某个晚上,他把月光下的一块唾沫看成了熠熠生辉的宝石。

在后来的八年时间里,我陆续看到了保罗·奥斯特的其他小说,空幻之感一次次加深。他的主人公们,总在美国历史上的危机到来之前,率先遇到生存危机,他们索性自我流放,把自己逼到绝境。有时候,他们幸运一点,会遇到救星,遇到失散的亲人,会在悬崖上的洞穴里发现食物,甚至遇到天降横财;有时候,他们遇上更大的麻烦,被困在故事里,或者心灵谜局之中。配合了保罗·奥斯特的自传读下来,这些一次次重复的主题,都能找到来历。他笔下人物的那种焦心如焚的生涯,就是他的生涯,他们的困境,就是他的困境,过去,甚至现在和将来。我常常想到,他在接待过那些来自中国或者其他国家的译者和研究者,和他们谈过自己的文学经验之后,还要面对自己的困境,他们的爱慕、景仰、歌颂,对他毫无帮助,他的焦心如焚,瞬间就把我笼罩。

他和他的故事,有什么用呢?他和他的小说,是一种切实的人生知识,是向着一种信仰而去的匍匐肉身。他写过的那些劳作、疾病、死亡、爱情,是知识的另一个名字,就像世俗生活,也有可能是信仰的另一种表述,如作家马雁说的那样:"生活、真理、上帝,只是同一件事物的不同名字。"他把他和自己笔下的人物,都放到绝境之中,不让神迹出现,因为那个匍匐在地的身体已经是神迹。这是最让人绝

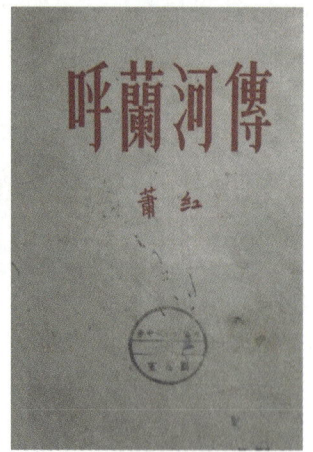

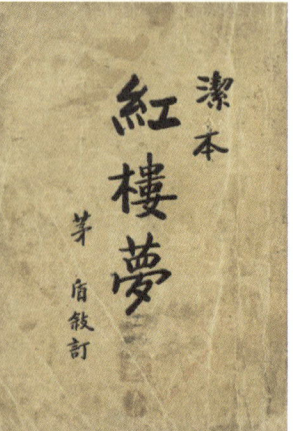

望之处。一次再次之后，我彻底明白了《幻影书》卷首所引的夏多布里昂的那段话："人不只有一次生命。人会活很多次，周而复始，那便是人生之所以悲惨的原因。"

真正助人成长的书，都是在节骨眼上实施了精准打击的书。没能帮助成长，或者是没有出现在节骨眼上，或者是力道不够。少年时代，我读到《呼兰河传》，后来又读到《白鲸记》和《刽子手之歌》，都是挚爱的书，但没有人生经历与之配合，它们的美就是单纯的美——莫比·迪克在深海里的白色身影，加里·吉尔摩写给尼克尔的那些信——对一个十八岁的少年来说，就只是文学写作样本。它们如果在更深的磨损、更长久的困境之后出现，也许会实现精准打击，让我的世界观为之变样，让我眼中的河山为之变色，但在某个属于我的特殊时期，这本书是《幻影书》，而不是其他。

要想不白读书，总是要有一点人生经历与之配合的吧。有段时间，狂热地喜欢上了自然文学，把亨利·梭罗、约翰·缪勒、约翰·巴勒斯的书一本本找来读，就是因为那段时间我结束了游荡，回到了家乡小城。而我的小城，就是自然文学里描述的那种景象，有森林、高山、大风吹过长空。我一个人住，我的屋子外面，是一大片碧野，所以我最终把亨利·贝斯顿（Henry Beston）的《遥远的房屋》长期留在了枕边，尽管它写的都是九十多年前的事了——1925 年，37 岁的亨利·贝斯顿在科德角的伊斯特姆海滩，买了五十亩地，盖了一个房子，这个房子虽然小，却有十个窗户："大间有七个；一对东窗面朝大海，一对西窗面朝湿地"，在阳光之下，这个房子"流光四射"。他本打算在那里偶然住一两周，但没想到，1926 年秋天，他一住进去，就不想搬走，最终在那里生活了一年，并记下了那里的风、海浪、天空、鸟类和夜晚。

还有我一次再次推荐的，法国作家马塞尔·帕尼奥尔（Marcel Pagnol）的"童年回忆录"（《父亲的荣耀》、《母亲的城堡》、《秘密时光》、《爱恋时光》）。这四部书是一个整体，讲述了马塞尔在普罗旺斯山区的童年时光。在那里，父亲母亲和他，还有两个弟弟，在乡间游荡、打猎，在灯下聊天，度过了他们"一生中最美的日子"。我用来和它呼应的，是我在新疆的童年。我在新疆南部的农场出生，在农场长大，跟着姥姥姥爷、爸爸妈妈、五个舅舅、一个小姨，在那里过了九年快活的日子。读到这套书的时候，姥姥姥爷和妈妈已经去世，舅舅和小姨们都变老了，我由此也懂得了，马塞尔·帕尼奥尔为什么会在他六十岁的时候，在他已经成了电影界大亨的时候，写些小时候的事，细节还那样清晰。

不知道将来还会遇到什么书，也许是旧书，也许是新书，也许是读过的又再读，但在某段不可预知的经历配合下，它终将会深深嵌入我的生活。对这样一本书，我既期待又恐惧。

赵志明

　　江苏溧阳人，从事过出版、餐饮、影视等业。2012年在豆瓣发表《还钱的故事》、《I am Z》、《爱情单曲》、《你的木匠活呵天下无双》等电子书，被评为豆瓣最受欢迎的小说家。2013年12月，出版第一本小说集《我亲爱的精神病患者》，获得"华语文学传媒大奖""最具潜力新人"奖项。现居北京。

我喜欢的十本书

文 – 赵志明

1
"三言"
冯梦龙

识字之初,我就喜欢乱翻书,秀才识字读半边,连蒙带猜,佐以自以为是的想象补白,也能似懂非懂个囫囵概。那个时候就装模作样地捧读"三言",专挑简单易懂的篇章看,什么杜十娘、卖油郎之类,遇到结构复杂、行文啰唆的就跳过去。等到上了大学,特别是读过大量唐传奇、元曲之后,再读"三言",故事而外就能读出一些不一样来,正是曹雪芹说的"人情世事"。到现在我准备写一组中国古代的小说,翻出"三言",又看了一遍,字里行间的余味又能咂摸出一二,真正算得上常读常新。作为话本小说,"三言"通篇都打上了"说书人"的烙印,以前素为我不喜的"啰唆重复",恰恰是汉语元叙事的反映,是遗珠。可以这么说,能够不厌其烦地反复读之的,并且每读一遍都有所启发的,在我心中"三言"当仁不让。

高中时我开始算是正儿八经地读了点书。当时有个政治老师叫丁建伟,学识丰富,见识不凡,在他的影响下我读了一些有意思的书,国内的有贾平凹、莫言等,国外的有马尔克斯、塞林格等,也喜欢上了培根的《论读书》,当时能完整地背下来。后来渐渐读开,先锋小说家之外,特别是通过"断裂"读到了韩东、朱文、吴晨骏等人的作品,惊为天人。我所读的几乎都是文学作品,诗歌、小说是主体,虽然偶尔也涉猎一些其他门类的图书,比如《时间简史》、《百科全书》等专业类型图书,毕竟对我影响有限,真的要从中选择十本喜欢的图书,还是只能厘定在文学范畴。

2
《佩德罗·巴勒莫》
胡安·鲁尔福
屠孟超 译

因为拉丁美洲文学大爆炸,因为马尔克斯的独领风骚,胡安·鲁尔福渐成传奇。据说,他写小说是觉得当时的小说家太让他失望,偶一为之,便出手不凡,但马上就收笔了。还有,马尔克斯从他身上汲取了很多写作养分,比如写《百年孤独》,马尔克斯绞尽脑汁,终于想出了一句"一个人的鲜血流遍村庄"，这是典型的鲁尔福式的表达，之后才一气呵成。当时我在南京上学，诗人、小说家刘立杆向我大力举荐鲁尔福，我一读倾心。鲁尔福是营造氛围的高手，下笔伊始，每个字词、每句话、每个段落，都在酝酿一种情绪，到最后整个情绪弥漫成篇，牢不可破。所以他的小说不是以故事取胜，而是以叙述打动人，精巧的结构辅以丰沛的细节，就和原浆酒一样醉人。在我写这段话的时候，依稀又听到了教母坡的蛙鸣声，看到了被山洪卷走的姐姐陪嫁的小牛，真是一件乐事。

3
《扎根》
韩东

《扎根》是韩东的第一部长篇小说，而在此之前我已经迷恋上他的诗歌和小说，受到他的很大影响。记得有一部《树杈间的月亮》小说集，里面收录了很多篇关于"下放地"的小说。因为我是农村孩子，而且我父母年纪偏大，是那一代人，我的一个堂哥还娶了一个上海女知青做老婆，我读起来感觉就特别亲切。虽然韩东很多写下放生活的小说背景是苏北，但苏北苏南如出一辙，甚至方言也基本一致，比如我们那儿就有很多村是整个村说"苏北话"的。《扎根》是韩东经验积淀多年的写作，既能沉浸其中，又能跳脱在外，语言准确生动、细密扎实，情节确有其事，人物恰如其分，和以往很多写农村生活的小说大不一样，是鲜活可感的，更是机智有趣的。

正是读完《扎根》，我才豁然开朗，曾经有过的乡村生活，那些人情故事，好像一下子就清晰了。

4
《金蔷薇》
康·帕乌斯托夫斯基
戴骢 译

康·帕乌斯托夫斯基是一位文学理论家，他的很多作品我都没看过，比如大部头的《一生的故事》，也没刻意想过要去找来看。我觉得一本《金蔷薇》就够了，是他留给后世小说家珍贵的礼物。第一次遇见它，是在自习室看到一个女同学正读这本书，我拿了过来，读了几篇就舍不得还了。《珍贵的尘土》、《夜行的驿车》等，既可以当小说看，也可以当散文看。我不喜欢散文这种文体，如果有散文，也应该是《金蔷薇》这种，足以感染人，润物细无声的那种。另外，《金蔷薇》也是一本独特的文论，论及创作的种种，娓娓而谈，毫无理论建树的居高临下、咄咄逼人，倒是平易近人，说的都是掏心窝子的话。我一直将《金蔷薇》当做我写作中的良师益友，每每翻阅，总能感到神清气爽，一时枯竭的写作源泉，马上又有清流汩汩而出。

5
《没有人给他写信的上校》
马尔克斯
陶玉平 译

马尔克斯的《百年孤独》是文学史上的丰碑，然而论及我的喜欢程度，尚不及他的中篇《没有人给他写信的上校》。也许是高中时第一次读《百年孤独》太磕磕碰碰，太吃力了，光是家族百年人物关系就让我云里雾里，这样的记忆让我对《百年孤独》是有余悸的，就好像苏俄小说一样，再怎么牛×，都不敢轻易启动阅读，好不容易读完的更不想再打开。而《没有人给他写信的上校》这篇小说，从头至尾，简单流畅，毫无赘笔，写的就是穷困生活这杯白开水。它不像《老人与海》，通篇心理活动让人不胜其烦，也不像《巨翅老人》那般充满隐喻和象征，令人费解。它既没有夸大，也没有缩小，即使中国读者对拉美历史一无所知，也能理解上校的一举一动，特别是小说结尾处，妻子问上校中午吃什么的时候，上校回答道："吃屎。"在任何国家、任何时期，都有这样的老人，他就像我们身边历经沧桑、风烛残年、毫无指望的邻居老人。加西亚·马尔克斯自己也很认可这篇小说，觉得其地位甚至高于《百年孤独》："《没有人给他写信的上校》我重写了九次，他是我所有作品里最无懈可击的一部，可以面对任何事情。"

6
《繁花》
金宇澄

中国作家很难摆脱地域性，远的如沈从文、鲁迅、萧红，近的好比贾平凹、莫言、冯骥才、苏童。这也难怪，一个中国的版图好比欧洲，思想和主题上容易整合归一，但是趣味和语言却千差万别，就好像你不能指望英国作家、法国作家、德国作家写出类似的作品。在金宇澄之前，上海作家虽然人才辈出，但能写出上海独特巷弄气息的几乎没有。上海人的滑头、小气，精致、虚假、白相、小开，自负、慵懒、目空一切、看不起人，就好像上海城隍庙的小吃，吃一口不过瘾，吃多了腻死人。金宇澄恰巧为这种生活找到了一种贴切的语言模式和叙述节奏，于是一种上海独有的风情和腔调跃然纸上，有点像看到《花样年华》中穿旗袍的张曼玉。当然，我喜欢《繁花》，可能也是因为地域关系。上海话和溧阳话非常接近，我的所有亲戚去了上海，不出一年半载就都能学会上海话，而他们在常州、苏州生活几年，语调都别不过去。《繁花》呈现的影影绰绰、似有若无、欲语还休，我是能完全感受到的；而且，厚厚的一本《繁花》，随便翻到哪一页，我都能毫无阻隔地看下去，同样看得津津有味。这种阅读体验太难得了，太美好了，舍不得一气读完，更无法束之高阁。

7
《我们这儿是精神病院》
小安

初读小安，是她于2002年出版的诗集《种烟叶的女人》，心想，怎么有人用这么简单干净的语言写出这么经典的诗歌？小安的存在，说明这个世界确实有天才，而且不矫情、不盛气，像一个邻家长姐。后来就一直向周围的朋友推荐小安和她的诗集，觉得她的诗集值

《镜头下的墨西哥》〔墨〕胡安·鲁尔福

得被更多人看到，也应该被更多人喜欢。直到 2013 年，广西师范大学出版社将小安的专栏文字结集成册出版，就是《我们这儿是精神病院》。这本书有多好呢，好得我都想住到精神病院去，当然不是随意一家精神病院，必须是小安担任护士的那家精神病院，那样才有意思。你想啊，哪一家精神病院会洋溢着这种众生平等的温情呢？正是因为诗人小安的缘故，她守护着精神病人过着幼儿园般的单纯生活，唱歌、跳舞、吵架、谈恋爱。也只有小安，才能胜任这一记录工作，是精神病人言行的最好执笔者，用干净、幽默、充满想象力、诗一样的文字，让我们充分领略到不一样的精彩异常的世界。

8
《索德格朗诗选》
索德格朗
北岛 译

我很少特意去比较译本的好坏，看完一个人翻译的，再去看另一个人翻译，比较优劣好坏，我觉得是奇蠢无比的事，除非你是专业读书家，指靠这个混碗饭吃，则另当别论。只有《索德格朗诗选》，我是认真看了两个译者的版本的，一个是董继平翻译的，一个是北岛翻译的。这里也有原因，那几年我在河北教育出版社做编辑，社里推出了一套"世界诗歌译丛"，收录了董继平翻译的《索德格朗诗选》，还有北岛翻译的《北欧诗选》（里面含有索德格朗的几十首诗），我个人更喜欢北岛翻译的索德格朗。索德格朗的诗宛如浩荡直白的呼告，倾诉

"自由和快乐"。而一个悖论是，作为一个没落的贵族后裔，生逢乱世，又饱受肺结核的折磨，"生命、自由、爱情"可望而不可得。她死于肺结核与营养不良，终年三十一岁，仍然是一个处女。这足以让人唏嘘不已。我喜欢《索德格朗诗选》的另一个原因，是当年认识的一个女孩非常喜欢索德格朗的诗，我曾经为她朗诵过。她当时也喜欢一种叫"蓝一品梅"的香烟。几年后，我向她表白，她说只要我满足她两个条件，她就答应我，一是出版北岛译的《索德格朗诗选》，一是给她寄一条"蓝一品梅"。当时有"蓝一品梅"香烟，但出版北岛的作品，哪怕是译诗集却谈何容易？如今，北岛所译《索德格朗诗选》已由外国文学出版社出版，"蓝一品梅"香烟却阴差阳错停产，而那个姑娘也早已为人妻、为人母。这不正应了我当初读索德格朗的触动吗？比如这首《我的灵魂》："我幼年时看见过海：它是蓝的。/ 我年轻时见过花：她是红的。/ 如今一个陌生人坐在我的身旁：他没有颜色，/ 可我并不比处女怕龙那样更怕他。"

9
《神曲》
但丁
张曙光 译

在我的阅读体验中，《荷马史诗》与《神曲》实在值得一提。当年我做编辑，这是我经手的两部重部头经典作品，当年也让我颇受折磨。我虽然因为它们吃了不少苦，但丝毫不减对它们的喜爱。

比较而言，我更喜欢《神曲》，可能是《神曲》注释更多，编辑的时候更不敢掉以轻心的缘故。而且，《神曲》调整过几次大的版式，光是注释就调整过几次，页下注，章后注，单篇末尾注，每一次不亚于动一次大手术——那时候排版还只能用方正软件，特别容易出错。可以说，我是通过一遍遍地检索注释才看懂《神曲》并喜欢上的。在我看来，《神曲》单凭两点就足以傲视文学史了：第一，它在时间上以死后写生前，绝对是孔子提倡的春秋笔法，微言大义，臧否人物，不着一字，尽得风流；第二，它在空间上写群落，也就是人以群分的意思，分成三个隔断，地狱、炼狱、天堂，每个人物各得其所、各归其位，很像《封神榜》，想象力都超强。我经常想，写小说，有时其实就是重复但丁的工作，把各色人等或打入十八层地狱，或位极人臣，或忝列仙班。所不同的是，我们做的是小儿科，但丁才是真正的大师手笔。

10

《重负与神恩》
西蒙娜·薇依
杜小真 译

有一年，我们出版社推出了一套"基督教文丛"，由刘小枫担任主编，其中就有《重负与神恩》。我不信教，只是当成必须要完成的工作在做——找错字、别字，遇到难以理解的地方对照原文，将问题集中起来给译者发邮件，请他定夺。那时常规的编辑工作分为三编三校，编辑不做校对，但需要负责初审和复审工作，这样的话至少就要看两遍，加上核查版式，印前通读，何止五遍。我完全是看多了，才看进去的，到后来，我已经完全没有将之当做神学著作那么敬而远之，我以为这就是牛×的单纯的文学作品。相比很多其他的神学家，薇依的言说更直指心灵，回避了晦涩、抽象和雄辩，具有简单直接的力量，这源于她用身体力行来维护人世的"真与善"。这与国内的很多方丈、主持、大师太不一样了。很多我喜爱的作家都崇拜薇依，例如加缪、艾略特、米沃什和韩东。韩东有一首写她的诗歌《西蒙娜·薇依》，可以引用在下面："要长成一棵没有叶子的树／为了向上，不浪费精力／为了最后的果实而不开花／为了开花不要结被动物吃掉的果子／不要强壮，要向上长／弯曲和节疤都是毫无必要的／这是一棵多么可怕的树啊／没有鸟儿筑巢，也没有虫蚁／它否定了树／却成了唯一不朽的树。"多读薇依，也许就是对自己的一种警醒吧。

廖伟棠

　　作家、诗人、摄影家。现居香港。

那些影响我的书

文 – 廖伟棠

　　去年我在微博曾发起一个"运动",名为"冰书挑战",至今点击数百万,实为我所未料。遗憾的是当时我草草罗列十本书,漏掉很多更应该致敬的。

　　二十岁前后是我阅读的分界线,二十到三十岁则是我读书最多的十年。二十岁前影响我最大的十本书是:《唐诗三百首》(有幸我从邻居老先生处借来影印的古刻本)、松本零士的漫画《银河铁道999》(灵感来自宫泽贤治)、鲁迅《野草》、郑民钦编译《黄金幻想:日本散文诗选》(它和《野草》是直接影响我开始写现代诗的作品)、尼采《查拉斯图特拉如是说》、《庄子》、三岛由纪夫《春雪》、斯宾诺莎《神、人及其幸福简论》、《中等师范学校美术课本:美术鉴赏》、柏杨《丑陋的中国人》(真正骂醒了我的一本书)。

　　二十到三十岁影响我最大的十本书:里尔克《给一个青年诗人的十封信》、《卡夫卡全集》、海德格尔《通向语言之途》和《林中路》、切·格瓦拉的日记、《杜诗详注》,夏承焘《姜白石词笺注》、废名的《桥》和杂文、赵毅衡译的《美国现代诗选》(尤其里面庞德的诗)、宇文所安的《盛唐诗》。

　　但要说一本影响我一生的书,那绝对是里尔克的《给一个青年诗人的十封信》。在未知自己的选择是否正确的青年时代,获得一个成熟深沉的兄长的告诫是非常重

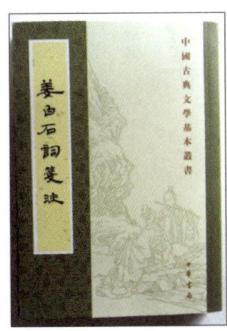   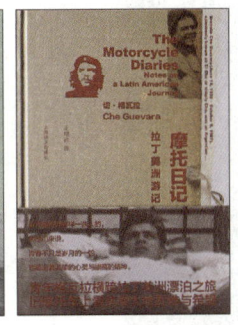 

要的。"你向外看,是你现在最不应该做的事。没有人能给你出主意,没有人能够帮助你。只有一个唯一的方法。请你走向内心。没有比向外看和从外面等待回答会更严重地伤害你的发展了,你要知道,你的问题也许只是你最深的情感在你最微妙的时刻所能回答的。"——里尔克《给一个青年诗人的十封信》里的这句话,还有他说:"请在深夜问自己:我是不是非写不可?不写我就会死去?"等等,在我面向广阔世界迈出第一步的时候,引领或者庇佑了我。

另一个德语作家卡夫卡,则比里尔克加深一层给予我这样的要求:一、坚决看清社会的假象和世界应有的真实;二、坚决写出这些假象和真实;三、理解孤独。在具体的诗歌理念上,庞德对我影响最大,他告诉我写诗应该百无禁忌。

最有意思的一本书,是《中等师范学校美术课本:美术鉴赏》,1983年出版,1985年我读师范的三姨赠送给我,让我在十岁之前就知道世界美术史,从印象派到波普艺术,甚至光效应艺术,这本书编选非常前卫。1985年,一个偏远小县城的孩子因此接触到世界最顶尖的艺术。它对我写作的美学修养、前卫取向的影响,是决定性的。

沈黎

  诗集生活馆创始人,前资深时尚媒体人,爱幻想的射手座,不靠谱的好青年。

喜欢的几本书

文 – 沈黎

《佐藤可士和的超整理术》
佐藤可士和 著

背景介绍： 最近在读的书，也是做品牌之人的必看之书。好的设计，从"整理"开始。唯有整理自己与对方的想法，才能够掌握本质、面对课题、找出方法，最终产生感动人心的设计！品牌亦如是。

内容简介： 在日本，佐藤可士和是带动销售的设计魔术师，也是走在时代尖端的创意鬼才，不论麒麟极生啤酒、国立新美术馆或是UNIQLO（优衣库）等等，皆以崭新的创意抓住众人目光。事实上，这般精准呈现的极致美学，都是透过"整理"完成的。

《得未曾有》
庆山 著

背景介绍： 少时读过的安妮宝贝，成年后觉得矫情。一次飞行之旅，改名后的庆山，再次激起了我的兴趣。庆山沉淀了下来，开始慢慢品味生活的本质，猛然发现这本书也是如今自己心境的写照。

内容简介：《得未曾有》是著名作家安妮宝贝2014年改笔名"庆山"后首次发表的最新散文集。新的笔名意味着状态和心境的变化，她如此解释道："这次改名不代表'安妮宝贝'这个名字的消失。所有新的发生，建立于原先，而不是离开自己的过去。我选择了一个极为简单的名字。更多理解是在意会之中，因此无须解释太多。"

《梦之国》
周公度 著

背景介绍： 浮躁的社会，干净的人儿，干净的字。居然还有人，有一颗儿童的心，时刻提醒自己不忘初心。一本可以留着读给孩子听的枕边书。

内容简介： 本书是周公度近年来创作的儿童诗珍品的一个精选集。诗作以孩子的心情思考，以孩子的语气叙述，多角度呈现孩童世界各种微妙、纯净的心理和奇异、可爱的观察。风格明亮、甜蜜，意境优美、清新。全书共100首童诗，分为"梦之国"、"浮冰与鸭子"、"整宿不眠"、"心与信"、"美得很"五辑。其中许多作品曾入选年度选本。

《上海的金枝玉叶》
陈丹燕 著

背景介绍： 美好品质修炼必读之书，既满足了对十里洋场千金生活的好奇，又告诫自己，无论何时，都要有一颗自尊的心。

内容简介： 美丽的女子郭婉莹（戴西），是老上海著名的永安公司郭氏家族的四小姐，曾经锦衣玉食，应有尽有。时代变迁，所有的荣华富贵随风而逝，她经历了丧偶、劳改、羞辱打骂、一贫如洗……但三十多年的磨难并没有使她心怀怨恨，她依旧美丽、优雅、乐观，始终保持着自尊和骄傲。她一生的经历令人惊奇，令人不禁重新思考：一个人身上的美好品质究竟是怎样生成的？

《谈美书简》
朱光潜 著

背景介绍： 最灰暗的高中阶段，升学压力袭来，心理辅导老师送的一本书，让我看到了外部世界的一线光。

内容简介： 本书是中国现代美学家朱光潜在八十二岁高龄的情况下写就的"暮年心血"之作。它既是对自己漫长美学生涯和美学思想的一次回顾和整理，也是"给来信未复的朋友们"，尤其是青年朋友们的一次回复。《谈美书简》不是一般的高头讲章，它采用书信体的形式，娓娓道来，亲切自然，将许多深奥的美学知识通俗化。全书由十三封书信结集而成，书中，朱光潜先生就青年朋友们普遍关心的美和美感、美的规律、美的范畴等一系列美学问题进行了深入的探讨，同时也对文学的审美特征、文学的创作规律及特点作了详尽的阐释，既是思想上的，又是方法上的，是初涉美学者学习美学知识的重要参考书籍。

《万物静默如谜》
辛波斯卡 著

背景介绍： 因辛波斯卡爱上了外文诗，她给这个残酷的世界提供了更多可供呼吸和想象的空间。不会因世俗的磨砺，变得丧失了幻想的能力。

内容简介： 本书收录了波兰诺贝尔文学奖得主维斯拉瓦·辛波斯卡（Wislawa Szymborska）各个时期最迷人的75首佳作，曾获得《洛杉矶时报》年度最佳图书。

《南渡北归》
岳南 著

背景介绍： 我所上的高中，即是西南联大留在重庆的高中部——重庆南开中学。高中时住在老师家，那个位于津南村的小木楼里。不复习功课时就看这部书，曾经这些巨匠就在我所生活的地方留下了不可磨灭的印记，多有意思。

内容简介： 《南渡北归》三部曲全景描绘了抗日战争时期流亡西南的知识分子与民族精英多样的命运和学术追求，系首部全景再现中国最后一批大师的命运剧烈变迁的史诗巨著。整部作品的时间跨度近一个世纪，所涉人物囊括了 20 世纪人文科学领域的大部分大师级人物，如蔡元培、王国维、梁启超、梅贻琦、陈寅恪、钱锺书等。作品对这些知识分子的命运作了细致的探查与披露，对各种因缘际会和埋藏于历史深处的人事纠葛、爱恨情仇进行了有理有据的释解，读来令人心胸豁然开朗的同时，又不胜唏嘘，扼腕浩叹。

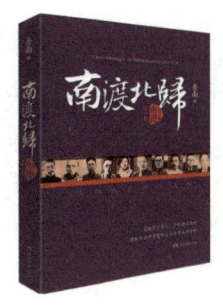

《青春之葬》
林燕妮 著

背景介绍： 青春期，启发爱情懵懂期的第一本书。少女的小心思，跟着这本细腻的香水之书起起伏伏，原来世间还有此等美好的事物叫爱情。至今，仍不时捧读，看到书就想起了年少时的自己。

内容简介： 16 岁少女盛世华出身豪门，在青春萌动期爱上了底层浪子。由于家庭干涉，被迫远渡重洋去美国留学；大学期间，又以自身的靓丽吸引了一个个多情种子，留下纯情、浪漫与离恨。10 年后，盛世华回到香港，不期中又与少女时代的一个个情侣相遇，旧情新爱，波澜重生……

《喜宝》
亦舒 著

背景介绍： 读过三遍的书，让自己在人间面对诱惑、爱情不断保持清醒。

内容简介： 《喜宝》自成一个浪漫别致的感情故事，主要讲述的是富家女勖聪慧热情地邀请刚认识的剑桥高材生——姜喜宝，参加自己的订婚家宴，是有意制造机会以撮合她和哥哥勖聪恕。在家宴上，聪慧的父亲勖存姿，为喜宝的才智、谈吐以及美貌所征服，于是也向喜宝展开追求。喜宝在其父亲、儿子的双双夹击下，非常现实地选择了父亲，于是她得到了想得到的一切，甚至更多。而勖聪恕却因此进入精神病院。喜宝做了勖存姿的女人后，虽然得到了金钱与物质上的满足，但却耐不住感情与生理上的寂寞和空虚，她需要更为实在的爱情和属于自己的生活。勖存姿发现喜宝另有所爱，竟冷酷地当着喜宝的面，枪杀了她的男友。喜宝绝望了，但她怎么也逃不脱勖存姿的牢笼。几年后，勖存姿去世，喜宝变成最富有的女人，但她明白，她得到了金钱，却失去了一切，青春、爱情、生命力……

霍俊明

　　河北丰润人，文学博士后。先后毕业于唐山师范学院、河北师范大学、首都师范大学和北京师范大学。主要从事现代诗学理论及当代文学文化研究，倡导个人性的自由批评。著有学术专著《尴尬的一代——中国70后先锋诗歌》、《变动、修辞与想象：中国当代新诗史写作问题研究》、《无能的右手》、《隔窗取火》等，诗集《批评家的诗》、《红色末班车》、《一个人的和声》等。《中国新诗百年大典》分卷主编。曾获《星星》年度最佳批评家、《诗选刊》年度诗评家、《名作欣赏》年度论文奖等。

学者书房

R=等一下　霍＝霍俊明

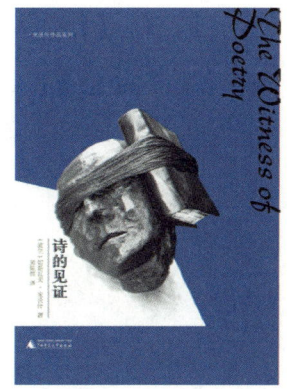

R：最近在看什么书？

霍：最近在读切斯瓦夫·米沃什的《诗的见证》（黄灿然译，广西师范大学出版社）。这本薄薄的册子竟然读了半个多月。米沃什让我想到的是诗人的命运以及诗歌和时代之间的复杂关系。米沃什的一句诗在我看来很重要，"他终于可以用碎片谱写一个完美世界的时刻"。

R：除了大量诗人寄赠的诗集，你还读哪些书？

霍：除了几乎每天接触各种公开的以及民间出版的诗集、诗刊外，我的阅读显得庞杂。近年来我读的最多的是书法、佛经、个人传记、历史档案、文学制度以及一些具有重要性诗人的随笔。比如《曼德施塔姆夫人回忆录》、《旧制度时期的地下文学》、张郎郎的《宁静的地平线》、王学泰的《监狱琐记》、李兰妮的《旷野无人》、岳南的《南渡北归》等。

R：现在还去书店吗？不用的书籍怎么处理？

霍：除了在网上买书之外，北京的书店去得最多的是三联书店和西单图书大厦。

宁静的地平线

张郎郎 著

中华书局

在去各地出差的时候，那些街角的书店以及咖啡馆式的书店仍然让我心动。2013年搬了三次家，除了期刊，书籍我大都保存了下来。当它们被当废纸卖掉太可惜了。

R：你在书房写作的时间长，还是办公室？抑或其他场所？

霍：在书房的写作时间一般是在深夜。平常在办公室主要是上午写作，我一般六点多送走儿子上学后就去办公室看书、写作。当下的人都成了"飞人"，除了书房和办公室，阅读和写作有时候是在候机室、飞机或火车上。

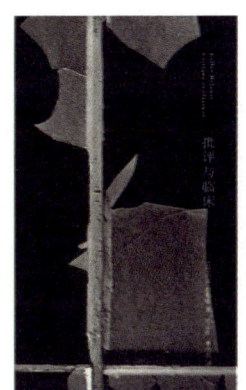

R：出差一般带什么书籍？

霍：出差都是在机场书店随机买几本，现在看来其中最多的是历史和社会学方面的。我一直希望在历史的影像和知识分子的面目中来比照当下学人和写作者欠缺的是什么。

R：你现在的研究方向，与最初的学术理想是什么关系？

霍：十几年前我因为喜欢诗歌而开始搞现代诗学研究，一直到现在这个方向都没有改变。只是其中的重点发生了变化，比如以前更关注一首诗的细读，现在则是在细读之外注意一个诗人和他所处的时代、整体美学甚至共时性的传统之间的关系。

R：有次在云南开会，我与几个朋友谈到你的"七十年代诗人研究"。我认为，上世纪六十年出生的诗人，是重新用现代性介入生活；而在你的研究中，七十年代诗人其身心均在现代性中，是浑融的思考者，现代性是他们的一部分，不再是一种工具了。但这仿佛是一种悲剧，因为上世纪四十年代，中国诗人即是与世界同步的。很高兴你的研究，也希望从此中国诗人不再如此迂回。

霍：中国诗人的命运确实如此，有时候走了大半天突然又回到了原点。尽管说诗歌和诗人都是独立的，但是当下的社会环境使得写作有时候变得费解而艰难。似乎社会学与美学的冲突一直存在。当下的诗人无论是与现代性、前现代性甚至后现代性的关系都是很复杂的。在混杂共生的年代，写诗不容易。留给"70后"一代人的写作时间并不充裕了，似乎有目共睹的"大诗人"还没有出现。

R：谈一谈对你影响最大的一本或几本书？

霍：在石家庄读研究生时读的最多的是《海子诗全编》、《骆一禾全编》以及海德格尔。现在我的床头书主要有《随园诗话》、布罗茨基的《文明的孩子》、扎加耶夫斯基的《神秘主义入门》、德勒兹的《批评与临床》以及廖亦武编的《沉沦的圣殿》、陈超的《生命诗学论稿》、梁鸿的《出梁庄记》、侯马的《他手记》、许知远的《祖国的陌生人》。

影像

IMAGE

白莹

出生于八零末。广告人,《视觉地图》作者。

本文照片均由作者拍摄、提供

德国电影《陆上行舟》（1982）
沃纳·赫尔佐格 导演

影片讲述的故事发生在 20 世纪初的南美秘鲁。痴迷歌剧的白人菲茨杰拉德（克劳斯·金斯基 Klaus Kinski 饰）被当地人称为空想家"菲茨卡拉多"。菲茨卡拉多经常做出一些令人无法理解的举动，尤其当他在巴西的亚马孙大剧院欣赏到世界著名男高音卡鲁索的演出之后，居然萌生出要在秘鲁小镇上也修建一座宏大剧院的疯狂念头。为了获得足够的资金，菲茨卡拉多接受了当地橡胶大亨向他提出的到神秘恐怖的乌圭里亚林区进行收割的任务，一段惊险刺激的旅程随之开始。（据豆瓣网）

影片先后荣获 1982 年第 35 届戛纳电影节主竞赛单元·最佳导演奖，并入围该届金棕榈奖提名，以及入围 1983 年第 40 届金球奖最佳外语片提名。

赫尔佐格（Werner Herzog），德国电影导演。1942 年 9 月生于德国巴伐利亚。其作品个人风格强烈，多以一意孤行的人物为主人公，肆意表现人与天意的对抗。代表电影作品有《天谴》（1972）、《人人为自己，上帝反众人》（1974）、《陆上行舟》（1981）、《在世界尽头相遇》（2007）等。

陆上行舟

白莹　　FITZCARRALDO

076 | 抟物

影像 | 077

086 | 抟物

影像 | 087

顾阿了

女,杭州人,1994年生,白羊座。

喜欢做的事很多,拍照是其中一件。

从小就喜欢图画和影像,高二买了第一台相机之后,便一直在拍。拍了很久,进步算是很慢,但是因为喜欢,不费力就可以一直拍下去。越来越觉得,随心地拍,才是最好的拍照方式。

百合

顾阿了　　LILY

专访顾阿了

文－拾文化 顾阿了
摄影－顾阿了

—你将来是否计划以摄影为生？

答：是的，我有以摄影为生的念头。但不想对此多说，因为觉得说得越多，对自己的限制越多。

—目前最满意的是哪一组作品？

答：认真回想了一下，我似乎说不出哪一组照片是我最满意的。因为每一组照片都是我用心拍的。就好像我生了很多小孩子，你问我我最满意哪个。

而且很多时候，我也不爱对别人说，这是我的作品，我只会说这是我拍的照片，

或者这是我画的画。我喜欢在浦口公园拍的那个金鱼缸,我对那张照片很满意。而这张照片,也是极其偶然拍的。那时候我快放弃胶片了,打算把相机里的那卷拍完,就暂且搁置胶片相机。但当我看到冲洗出来的这张照片,我很惊喜,毅然又拿起了相机。我觉得这不是我的作品,这是偶然给我的一份礼物。

——有一次你说计划拍一组生活中的微物。我理解的是那种不需要文字,甚至因此注释也不需要,有一种不需言说即可明白的诗意(我的理解是否有误?)。这组作品开始拍摄了吗?

答：算是一直在拍吧。因为一直在生活。是不需要注释的，因为每个人感受到的东西都不同。我也不是一定要去捕捉生活的诗意，只是在捕捉我感兴趣的画面。我认为有趣的，诗意的，平凡而美丽的一些画面。

—我对目前杂志刊发的这组照片中的《松下》一幅尤其感兴趣。拍摄当时有什么考虑？当然，那匹马也很惊人。

答：我记得那天在玄武湖，和朋友正要去地铁站，边走边看到那个爷爷坐在树下，我犹豫要不要拍，走过去了，又走回来拍了一张。是用 Olympus μ1 拍的，μ1 是一台用胶卷的傻瓜相机。其实没有什么考虑，只是看到了，想拍，所以就拍下来了。我随身会带相机，想拍的时候就拍下来。其实每一张照片都是因为先有了想拍的欲望，所以才会被拍下来。从某种意义上来说，它们是平等的。

—最近看你主要拍摄年轻女生，为什么？敌视男性？

答：=。= 理由有一百个。这是一个无意识之中的选择，我没有特地挑女生拍。年轻女生普遍比年轻男生爱美，爱被拍。我身边的美女朋友比帅哥朋友多（目前拍人都是以拍朋友为主）。如果你愿意捐献给我一个爱被拍的，秀气或者帅气的男孩子，我非常乐意拍。

—你现在比较喜欢的摄影人有哪些？

答：我喜欢的摄影师还蛮多的。

比较崇拜的还是日本的几位：荒木经惟、森山大道、上田义彦。他们三位的风格差很多，但他们的照片都十分能打动人。因为他们都很真诚，都在以各自不同的方式，在自己的照片中灌注了对这个世界的爱。

荒木经惟大约是其中最直接可爱的。我看过一些他的书，对于摄影初学者，比较推荐的是《写真的话》，其中写了很多他对拍照的理解。他说话总是半开玩笑式的，十分轻松有趣。他说要去拍自己爱的东西。摄影不是能在学校或者哪个专业机构里学会的，而是在所爱的人身边，在所爱的生活中，去发现其中的美，自然而然就能拍出一些好照片。我觉得他真是天才。他拍什么都很棒，因为他对这个世界充满爱。

要拍出好的照片，果然非真诚不可。应该说，不论想以任何方式去重现美，真诚都是不可或缺的。

—平时手机拍照，有没有特别满意的。

答：有，有很多。对我而言，手机也是相机之一。手机是最方便的相机。许多画面在我们的一生中一闪而过，有时候常常来不及掏出相机，手机却经常是在手上的。而且现在的手机拍照功能也非常强大，我用 iPhone 拍了很多很喜欢的照片。

传物

影像 | 095

102 | 抟物

影像 | 109

影像 | 123

影像 | 127

西班牙来信

A LETTER FROM SPAIN

与其

1990年生。西班牙文学博士在读,从事西班牙十九世纪叙事文学和加尔多斯研究。部分译文见于Nayaguas、《南方人物周刊》、《中西诗歌》等刊物。

堂米格尔

文 – 与其
摄影 – 与其

　　塞万提斯在后世的名声如此之胜，甚至超过了他，这大约是洛佩始料未及的。
　　被称作"西班牙才华之凤"的洛佩·德·维加，一生中写了一千多部戏剧，又著有诗歌、小说，光环缠绕，受人追捧，但却一直对塞万提斯耿耿于怀，说自己"从未见过像塞万提斯这样糟糕的诗人，再没有比赞扬《堂吉诃德》更愚蠢的事情"。米格尔·塞万提斯也写过不少讽刺的小诗作为回应，但毕竟年长洛佩十几岁，态度柔和镇定一些，嘲讽之余不乏认可。倒是洛佩，似乎在《堂吉诃德》出版之后再不愿松口了。
　　今天，西班牙国家图书馆建馆近两百年，石阶上两人的雕像离得不远，和平地共处着。
　　如今的西班牙政府在世界各地开办了上百所塞万提斯学院，最大的网上文学资料库是塞万提斯虚拟图书馆，逢人提起西班牙最著名的作家，得到最高几率的回答可能也是塞万提斯。如若洛佩泉下有知，不知会作何感想，或许会气得跳起来，再作诗一百首，以表达对于死对头的不满。

——"不久以前,在拉曼查(也可译为"拉曼却")地区的某个村镇,地名我就不提了,住着一位绅士。"

这像《百年孤独》一样经典的开场被一代代西班牙人诵读,《堂吉诃德》成了很多人生命的一部分,甚至是全部。我的老师,马努艾尔·费尔南德斯教授,一位态度和善的老先生,上课时带来自己珍藏的《堂吉诃德》版本,让我们传阅,一边讲着自己为了买一本渴慕已久的印刷本痛下血本的故事,又讲自己小时候被父亲带去参观别人家珍藏的《堂吉诃德》,又讲,去参加"堂吉诃德之路"探究的时候,卡斯蒂利亚-拉曼查(以下简称"拉曼查")的官员们希望自己所在的市镇被纳入时心急火燎的样子。六十多岁的他,个人研究方向一栏,只写着一项:塞万提斯和《堂吉诃德》。

两年前我曾沿着"堂吉诃德之路"走过拉曼查的几个城市,去看堂吉诃德和桑丘大战过的风车,看杜尔西内娅的托博索小镇。

—— 刚巧这时候刮起一阵风,巨大的风车翼开始转动。堂吉诃德见了便说:"哪怕你们挥动的胳臂比巨人布里亚柔斯还多,我也得叫你们乖乖认输。"

冬天的拉曼查,山头上刮着冽瑟瑟的风。前一天下了雨,没什么人看风车。爬上孔苏埃格拉的高地,周围白色的风车磨坊戴着黑色的尖顶,伸出的四片风车叶片缓缓转动。向下看是拉曼查的平原,没有阻隔、目无障碍的黄绿色平原。与荷兰风车的清新秀丽相比,拉曼查的风车多了萧瑟苍凉。无怪乎堂吉诃德错把风车认作巨人,要与其决一死战。夜色之下,张着叶片的风车发出吱呜的低声闷响,真像极了像长着怪翅的可怖巨人。

在拉曼查的土地上,孔苏埃格拉的风车转动着,世界凝固住了,我的脑中只剩了赫尔曼·黑塞的一首诗:

我的灵魂飞向过去,
直至被遗忘的千百年前,
我眼中,小鸟和飘拂的风,
完全一样,都是我的兄弟。

我的灵魂是一棵树,
一头兽,一朵云彩。
转化不停,轮回不已,
你向我提问。我能回答什么?

堂吉诃德梦中情人杜尔西内娅的故乡,托博索小镇,漂亮的小地方,颜色混着绿色和青灰。当地的塞万提斯博物馆,是除了距离马德里不远的塞万提斯故居博物馆外，收藏《堂吉诃德》版本最全的地方。在这里我看到了几版不同的中译本，却没找到杨绛先生的译本。于是和博物馆管理员聊了聊，说因为杨译本是首个从西语直接译为中文的，如果不嫌版本新，我愿捐一份。博物馆管理员当然很高兴。来年回国我果真带了新出版的杨译本，寄给博物馆。过了一个月左右，收到了回信。一封感谢信，信的最后是托博索镇长的签名。

诗人戴望舒当时也希望从西语翻译这本小说，无奈译作还未完成，第二年就去世了，想必辞世时一定充满遗憾吧。如果当时的译著真得以完成，不知道雨巷诗人笔下的堂吉诃德和桑丘又会是怎样一番气质精神？对此我充满想象。

因为是旅游淡季，我没花太多钱住进了一栋由17世纪的贵族民居改造的大房子，房子早先的主人据说是某某公爵或侯爵。两层的石砌建筑，家具也是古旧的。旅店的女主人带我参观了之前保留下来的酒窖，音乐室，陈列室——那儿有她自己收藏的和堂吉诃德相关的装饰品：羽毛笔，盔甲，地球仪，地毯……又带我到她自己的图书馆，拿出一本董燕生翻译的《堂吉诃德》，问我写的是否是中文，是否看得懂。我点点头说是，告诉她董老师是我大学时的老师。她很高兴，愉快地向我展示拉曼查地区出的一本《"堂吉诃德之路"纪念刊》，说卷首那篇充满研究者气息的文章就出自她手。

第二天临走时，旅店伙计送我一封信，信打印在彩色的纸上，用中文写着：

> 至高无上的女士：
>
> 　　深受离愁别恨之戕，肝肠寸断，身心交瘁之人，遥祝你，可爱的杜尔西内亚·德尔·托博索健康愉快。你的花容月貌对我不屑一顾，你的贤淑高洁与我毫无缘分，你的坚冰寒霜将我无情折磨。我纵然生性刚毅，也难忍受此种惨烈且持久之痛苦。凡此种种，我的侍从桑丘将一一告知于你。哦，迷人的冤家，可心的仇敌，我永远任凭你摆布。
>
> 至死属于你的
苦脸骑士

——他日常吃的砂锅杂烩里，牛肉比羊肉多些，晚餐往往是剩肉凉拌葱头，星期六吃煎腌肉和摊鸡蛋(duelos y quebrantos)；星期五吃扁豆；星期日添只小鸽子：这就花了他一年四分之三的收入。

《堂吉诃德》 〔法〕 毕费

Duelos y quebrantos，其实就是用鸡蛋、香肠和猪油在一起炒的一道家常菜。但受了"堂吉诃德之路"光环的影响，托博索及许多其他拉曼查的城市都会在当地特色菜中加上这道菜。又有一道叫做 Gacha 的菜在小说第二部中出现过，如今演化成了一道用家山黧豆粉做的浓汤，在当地的许多餐馆都可以找到。

　　西班牙民族对饮食的热爱恐怕不亚于中国人，好比，有专门关于《堂吉诃德》中菜谱的研究，又有在葡萄酒产地拉里奥哈举行过的以西语文学中的食物和酒品为主题的研讨会。但西班牙人的食物既不细腻婉约，也不精致含蓄，它不内敛，像弗拉明戈。西班牙的食物是粗犷与细致的结合，做工可细可粗，但总透着股力量。拉曼查是西班牙重要的农业区，做农活耗体力，因此他们的食物中总少不了肉、奶酪，又有许多像 Gacha 一样吃起来饱腹感强，让人许久不饿的菜品。

　　我听说这里一家修道院修女们做的糕点很有名，其中有一种叫做"杜尔西内娅随想"的甜点 (El capricho de Dulcinea)，告别托博索的当天早晨便特意赶过去买。清晨微凉无人的街道上，拦下一位当地的奶奶，她指给我如何沿着弯曲的小街找到修道院。我匆匆赶去，摁响门铃。在红褐色木质转窗的后面，藏着话语中带着半分睡意的修女，似乎刚刚起来。看过点亮的橱窗中摆放着的若干种吃食小样，我要了两三种，问了分量和价格，把钱放在转窗上。

　　于是从像旋转门一样的转窗另一侧缓缓转来了一个白色的袋子。

　　我始终没见到修女的模样。装着"杜尔西内娅随想"的白色纸盒上印着几个戴头巾，穿着围裙的妇女，盒子中盛了六块用面粉、杏仁粉做成的小糕点，上面撒了白色的糖霜。

　　《堂吉诃德》第一部出版的十年后，也就是在第二部中，塞万提斯借参孙之口这样形容这部小说的风靡一时：

> 读得最起劲的是那些侍童。每个贵人家的待客室里都有这么一部《堂吉诃德》；一人刚放下，另一人就拿走了；有人快手强读，有人央求借阅。总之，向来消遣的书里，数这本传记最有趣，最无害。

　　当初《堂吉诃德》出版，上至王公贵族，下至贫民车夫，似乎全西班牙人都在读这本书，并且读得津津有味。翻译的版本又传往法国、英国等其他欧洲国家。莎翁失传的戏剧《卡登尼欧》，也是取材于《堂吉诃德》中卡登尼欧和卢辛达的故事。

如果现代英国研究者的结论属实的话,那么莎翁也读过塞万提斯啊!

无怪乎洛佩对《堂吉诃德》大为反感。

只是许多人恐怕不知,在塞万提斯时期《堂吉诃德》仅被当做消遣性书籍来阅读。作者本人也并不认为这部小说是自己的代表作,实际上他最满意的是自己生前最后一部小说《贝雪莱斯和西吉斯蒙达历险记》。直到一百年后的十八世纪,《堂吉诃德》才被作为严肃文学受到对待和重视。

塞万提斯时代的三个世纪以后,一个出生在加那利群岛,叫做贝尼托·佩雷斯·加尔多斯的年轻人读了塞万提斯的作品,将他当做自己的偶像。十八岁的他写了篇叫做《参孙·加拉斯果学士漫游记》(*El viaje redondo de Sansón Carrasco*)的短篇小说,主人公取材自《堂吉诃德》第二部出现的人物参孙。在这篇小说开始部分的致言中,只有寥寥几句话,他却仿佛活脱的塞万提斯在世。

十九世纪的英国小说有狄更斯,法国有巴尔扎克,俄国有托尔斯泰,而西班牙却无任何人可当此重任。

年轻的加尔多斯从未掩饰过自己对于这些文学巨匠的崇敬与钦佩,但或许他内心处有更深的,重现昔日《堂吉诃德》世界文坛光辉的愿望。

十九岁时他来到马德里,开始为报纸写报道,写小说《金泉》,后来又写出四十多部历史小说组成的《民族轶事》,成为名副其实的国民小说家。他晚年所著的小说《着魔的骑士》(*El caballero encantado*),章节题目都透着塞万提斯的气息。想要回到《堂吉诃德》的鼎盛何其难也,但他如今作为西班牙现实主义的代表,屡屡被与狄更斯、巴尔扎克一并提起,一生笔耕不辍、产出颇丰,想来也应当安心了罢。

他还写过一部叫做《安赫尔·格拉》(*Angel guerra*)的小说,后来,另一位小他三十岁的加纳利作家因为崇敬他,将自己的笔名改成了小说主人公的名字,安赫尔·格拉。

我想堂米格尔之路应该就是这样走成的。

(本文中《堂吉诃德》译文均摘自杨绛译本和董燕生译本。赫尔曼·黑塞的《有时候》译者为张佩芬女士。)

小说

NOVEL

以此封缄

文 / 乙一〔日本〕
匡匡 译

1

每当遇到从行囊中掏出一本穿绳的书册低头细看的旅人,我都会不由自主盯着人家一直瞧,好奇他读的是不是我朋友和泉蜡庵写的旅行指南。

作为蜡庵的挑担随从,我游历各地,寻访温泉,却始终无法习惯于旅途。一向受不了蚊叮虫咬的痒,记不住可食用草类的形状与名字,方言听多少遍也理解不了。我本是个游手好闲的懒人,不管什么时候,身处什么状况,都只想躺在家中,酩酊度日;即使听见人家大喊"起火啦!"不等到火烫了屁股,我也嫌麻烦,懒得动弹。尽管如此,仍要陪着和泉蜡庵四处旅行,因为那就是我吃饭的营生。前些日子,他帮我垫付了欠下的赌债,所以没法子,就得任他驱使。

出门在外日子久了,就会遇见形形色色的人。曾经有次,在茶屋歇脚时遇到一对父子,感觉意气相投,便结为旅友,一起走了些日子。两父子就像画上常见的那种大善人,朴实无华。谁知分手后瞧了眼行李,我的几件贵重物品全都不翼而飞,这才明白过来,大约是那父子俩顺手牵羊。

也曾在半道上,遇见两个人愁眉苦脸地坐在路边。他们就是那种所谓的"代参",即住在同一长排木屋里的若干户人家,联合攒下些钱(被称为"会子钱"),而后以抽签方式选出代表,由抽中的人替大家跑腿,到各地的神社去参拜许愿。可是眼前这二人，在旅途中赌博，把会子钱输得精光，现在落得走投无路，一筹莫展。"赌博这种事，要有节制啊！"我忠告说。二人听完面露反省之色，唯唯诺诺："是的是的，的确如您所言。"和泉蜡庵不知从哪里搞来一张草席和一柄木瓢，递给了他俩。

"有这两样东西，就算不名一文也能上路了。"

卷起的草席，象征着幕天席地，露宿郊野，无需住店；木瓢用于渴时取水，或是求口饭吃，化些钱财。那些身背草席、手持木瓢者，皆是身无分文的旅人。凡这副模样行走参拜的，通常会被认作修行者而得到沿途人家特别亲切善意的接待。

"好好反省后，若有吃苦耐劳的心性，夜晚就露宿桥下或寺庙的屋檐下，一面接受人家的施舍，一面继续旅程即可。"

蜡庵说完，两人都深深垂下了头。

除此之外，我们遇见的，就不仅仅是人类了。

为了撰写旅行指南，向着各处的温泉地不断行走。某日，我与和泉蜡庵决定在客栈街附近的茶屋稍事休息，吃顿饭。茶屋所能吃到的，不尽是肉团、饭团这种简易的食物。店家不同，菜色也不同，有菜饭、乌冬面、荞麦面、酱烤豆腐串等。有时还能找到一些专营地方特色美食的店铺。每当在茶屋里见到不认识的食物，蜡庵必定会点来尝尝，随后写进日记里，等到执笔著书的时候能派用场。

那日，和泉蜡庵又在菜单中发现了一道从未见过也不曾品尝过的料理，便点了来。我则没费什么心思，随意要了道茶饭。所谓茶饭，就是俗话说的茶泡饭，将煎茶汁浇在白米饭上食用。我坐在桌前大口扒饭，不知何时，脚边跑来一只白鸡，目不转睛地盯着我手里吃了一半的茶饭，一动不动。

"你想吃这个是吗？"

我这么一问，那鸡就轻轻叫了一声，音色如笛，十分动听。我便剩了些饭，把木碗搁在它面前。比起普通的鸡，它的脖颈有些细长。打初见时起，我就辨出这是只雌鸡。它致谢似的低了低头，接着便啄起碗中的饭粒。不知这鸡是不是附近谁家养的，我跟茶屋老板打听了一下。店主人摇了摇头："今儿是头一次见。"接着又道："是不是前几日刮大风，从别处哪里刮来的？"

吃罢饭出了茶屋，我与蜡庵又在街上溜达起来。过了片晌，忽感身后有什么东西，回头一瞧，却见方才那只白鸡跟着我们。我与蜡庵面面相觑，寻思了一下，也不知究竟怎么回事，便任由它跟着，暂且不去管它了。那鸡不分任何时候总追在我俩身后。本以为晚上投宿客栈，等到天明以后，它就会不见了。哪知，我却听着鸡叫声醒来。看样子这小东西在客栈院子里待了一整夜，一直在等我俩出来。

于是乎，白鸡就跟在我俩身边，一起旅行起来。每当穿过行人较多的地段，总是险些就被踩到。没法子，我只得将它那白色羽毛包裹的身体从地上抱起，搂在怀里继续往前走。

我给这只鸡取了个名字，叫做小豆。理由有两个：首先，我最爱吃的羊羹，就是用赤小豆的豆沙做的；其次，这只鸡有次见到农民的粮车上洒落了一些小豆，就跑过去啄食。当时，它一面低头啄着豆子，一面信步往前走，不知不觉就离开我们，拐去了别的路上，等我俩发现时，连个影子都瞧不见了。我二人正笑说："真是去也匆匆啊，仓促到不告而别。"却听见后方传来它惊慌的叫声，没办法只好原路折返，一看人家正在拐角的地方骨碌碌兜着圈子，一见我俩出现，就拼命扇着翅膀飞奔过来。别看这只鸡白色羽毛光亮无瑕，样子优美，气度高贵，可实际上傻兮兮的。

与小豆结伴同行的旅程异乎寻常地顺利。受和泉蜡庵这个方向痴呆所累，迷路到陌生地方这种事虽说也有，但没受过伤，也没生过病。不过，辛苦劳乏却是旅途之必备。某个大雨天，我们抵达了一座奇异的渔村，被迫在那里逗留了数日。

2

正在山道上攀行时，忽然下起了雨来。我与和泉蜡庵从行囊中翻出桐油纸做的折叠式防雨斗篷披在肩上。只要雨不太大，用这个就足够应付。走在我们脚边的小豆却可怜了，淋着我俩踢溅的泥水，羽毛脏兮兮的，成了茶色。我看不下去，就把迈着小碎步紧跟慢赶的小豆随手抱起来，放进袋子里面抱着它走。小豆从口袋里探出个脑袋，瞪着圆溜溜的眼睛仰头望着我。

"近处好像有海。"

为了尽量压过雨声，和泉蜡庵提高了嗓门。雨点打在我们身上，眼前一片雾气迷蒙，除此之外，什么也看不清。细细的小路两侧，树木延绵夹道，明明是白天，四周却昏暗得好似夜晚。凝神静听，耳畔传来"轰隆、轰隆"好似地震前地层深处的那种响动。一定是海潮的轰鸣。

我二人在雨中继续沿山道上行。走了一阵，路忽然断了，来到一片沙滩之上。灰色的大海掀着波浪，不停向岸边猛烈拍击。

"怎么会碰见海呢！"

明明走的是向上的山道，从山麓出发，往山顶攀登，一次也不曾遇见过下坡，可竟然在上坡的尽头撞见了大海，岂不怪哉？这等于就是说，在山上有一片大海。那么，海水难道不是要顺着山坡流下去，把整个山麓都淹没掉？尽管匪夷所思到这种程度，可这样的怪事却时有发生。

"都怪我是方向痴呆，对不住啦！"

和泉蜡庵语带歉意。

"我啊，对于这种离奇之事早就习惯了。"

"嗯，凡事最要紧是看得开。"

"我不过是学会了尽量不去深想。"

"比起这事，更重要的是寻觅今晚投宿的地方。这大雨之中，露宿野外也太难受了。"

我怀抱装有小豆的行李袋，跟在和泉蜡庵身后。汹涌狂暴的大海，不停吞噬着万千雨点，可怖到令人心生寒意。渐渐地，我浑身愈来愈冷，脑袋里也充斥着轰隆隆的巨浪喑鸣声。早已惯于旅途的和泉蜡庵看上去虽修长文弱，一股书生气，身子倒意外地结实。我看起来比他有力气，实际上却更容易疲倦。又冷又累，走得几乎快要哭出来时，我却感到怀中的袋子慢慢暖和起来。浑身羽毛包裹的小豆，体温隔着袋子传递过来，着实救了我一命。

我们沿着海岸边走了一阵，瞧见沙滩上立着根木桩，上面拴了条小舟。再往前走了走，便出现了一个民家的聚落。昏沉的天空下，零零落落散布着大约二十来座小屋。每户人家门口都捆着一张渔网，为防被海风刮走，全部卷了起来。

我们敲了敲最近那户人家的屋门，向来开门的村人打听，有没有什么地方可以投宿。客栈是没有，不过村外有间没人住的屋子，可以去那里过夜。村人这番话，是稍后听和泉蜡庵告诉我的。这里的人口音特别重，到底在说些什么我压根一句没听懂。

在村人的指引下，我们向着村外的小屋走去。路上遇见了此地的村长，问了好，得了借宿的许可，保证说绝对不会惹任何麻烦。

那间屋子小小的，稍稍有些漏雨，不过比起露宿荒野，条件不知好几倍。屋内空空荡荡，连件像样的家具也没有，天井的四隅张着蜘蛛网，熏了煤烟似的黑黢黢的。门口的一块地方算是土间，踏上一层台阶后，里面铺了木板，就算是正屋了。地板上蒙着一层沙尘，踩上去粗粗拉拉的。据村人所说，数年前有对老夫妇曾住在这里，两人都过世之后，就再没人用过这间屋了。这事，也是和泉蜡庵后来告诉我的。

放下行李，羽毛被泥水染成了茶色的小豆从袋子里飞出来，叫了几声，音色清脆如笛。不知它是不是觉得冷，浑身瑟瑟发抖。和泉蜡庵瞧见土间垒有灶台，旁边还扔着柴禾捆儿，便立刻动手升起火来。

"这里有锅，还有碗呢！烧点热水，咱们泡茶喝。"蜡庵道。

我已经筋疲力尽，在土间与正屋间的台阶上坐下来。这时，忽然心头涌起一种怪异的感觉，便回身看了看。

房中静悄悄的。屋顶漏下的雨滴跌在地板上，发出"空、空"的鸣响。那一圈地板已经腐朽，泛出绿色。我与蜡庵还有小豆之外，屋内再无别人，也没有可以藏人的地方。明明本该如此，可我却总有种感觉，仿佛谁在盯着我。

　　屋内的墙壁只是简陋地排了些木板，到处都漏着缝隙。或许是谁正从墙缝向内窥视？尽管浑身疲惫，我仍站起身来，跑到屋外转了一圈，看了看，没见到任何人。可那种被人凝视的感觉，却始终不曾消散，甚至愈发强烈起来。那视线且不止一束，倒像是这间屋子里有二三十个人，齐刷刷地一起盯着我。

　　"不知为何，我老觉得怪怪的。你没发觉有啥异样吗？"我问蜡庵。

　　"比如说？"

　　"好像被一群人盯着的那种……"

　　"你想多了。"

　　蜡庵拿从前屋主用过的铁壶煮了些茶，注入木碗里。

　　"喏，喝碗茶就会好啦。"

　　接过他递来的茶碗，手心传来茶水的温热，不安也稍稍缓解了些。我将嘴唇凑上碗沿，深深吸了口气，茶香直抵胸间，正打算啜上一口时，却见茶水的表面映着一张人脸。仿佛木雕的脸上，带着空洞虚无的神情。我吃了一惊，手一滑，茶碗摔落在地。泼翻的茶水在地板上漫开，我脚边的小豆也吓得惊慌失措地扑打着翅膀。

　　"刚才有张人脸！"

　　我大喊大叫。和泉蜡庵却十分冷静。

　　"莫非你的意思是，茶水之中映着张人脸？"

　　"没错，那张脸既不是我的，也不是蜡庵先生你的。"

　　"是嘛，那你看到的，可是那张脸？"

　　说完，和泉蜡庵伸手指了指天井。此时，我才终于发现刚才那种感觉是从哪里来的。

　　天井跟墙壁一样简陋，是木板拼出来的。板子的纹理，是那种线条软绵绵的、花样复杂的条纹。其中有一部分，形状会叫人联想到人脸，正是方才映在茶水中的那张。

　　我更加仔细地查看了一下四周，每扇墙壁上、地板上、天井的木纹里……能够叫人想象为人脸的花纹不计其数。木纹的浓淡、年轮的形状，全都偶然地组合在一起，看上去成了人脸的模样。其中有老人的，也有孩子的、年轻女子的，甚至好似发怒鬼脸的，各种各样，布满了整间屋子。看来，那种被什么人盯着的感觉就来自于此。

　　"我刚才就注意到了。不过，都只是些木纹而已。"

　　和泉蜡庵说完，啜了一口茶。

　　"这种情况呢，在外国叫做'空想性错视（pareidolia）'，也就是说一种错觉。云的形状呀，脱掉后随手乱放的衣物上的皱褶呀，岩石表面的阴影之类，有时看起来会很像人脸，对吧，耳彦君？"

可是，我觉得这间屋子的情况却属于例外。与其说那些木纹看起来状似人脸，不如说它们明明就是人脸，清清楚楚。甚至有时不经意一瞥之间，就会觉得：咦，它们莫不是在眨眼？莫不是在变换表情？本来嘛，木纹里能让人联想到人脸的部分，在一方小小的斗室之中，竟然会聚集了十几二十个之多？真的存在这种偶然？我把这些想法讲给和泉蜡庵听，他就说"你想多了啊耳彦君"，一句话就把我打发了，然后抖开丢在屋角的棉被，蒙头睡去。小豆也蜷在燃着炉火的灶台边，将长长的脖颈埋在翅膀下面悄无声息。可这一夜，我却始终难眠，望着炉火映照下墙壁上跃动的光影和天井的那些人脸，直到很晚。然而，我遇到的困扰，却不止于屋里的那些木纹。

3

即使是同一种蔬菜，生在不同的地方，它的形状和味道也会有差别。比如说大葱，在有些地方如果提到葱，就单指绿色的葱叶，做料理时也只会用到这个部分；可在其他地方，即使有心种植相同的品种，绿色的叶子部分也会遭受霜打，最后收成的，只有长长的白色根茎。于是在这种地方，若谈起葱，那就是一种可食其白色根茎的蔬菜。

旅途当中，见到食材的形状与自己平时吃惯的种类不同，便以此为由拒吃人家端来的饭菜，是不行的。一来失礼于人，二来这种态度也使自己难于增长见识。关于这点，我心里十分明白。

在这座渔村，村人们都以鱼作为每日的料理，因此我也应该跟他们吃同样的东西。然而，当村人一片好意地将那些晒好的鱼干放在我面前时，我却感到十分为难。

一夜过去，雨已停歇，空中还留着片片残云。海水仍旧是暗灰色，波潮翻涌。整个渔村看上去都泛着霉意。我与蜡庵和小豆正在做出发的准备，却来了位村人，说是给我们带了点海产的鱼干当早餐。对此我们固然感谢，但问题就在于那鱼的形状。

经过日晒的鱼肉，干燥后散发出一股香气。而那鱼脸，却不知为何看上去好似人脸。由额头到鼻子的轮廓、眼睑、犹如嘴唇的部分、骨头的形状等，都酷似人类。再仔细一瞧，头顶上还粘着些干燥的毛发似的东西。我们共得到两条鱼干。一条怎么看都是张男人脸，另一条则是女人的。由于已经晒得干巴巴，于是两条都成了老人脸。鱼的个头不算大，脸部也小小的，一个巴掌就能放下。可这就更诡异了。

村人虽说叫我们不要客气随便吃，我却在看到那东西的瞬间就一阵恶心，险些没吐出来。据和泉蜡庵转述，村人说此处海域捕捞上来的鱼，全都这副模样，不过味道绝对是美味，因此便被当成日常的食物。村人回去之后，那鱼干我一筷子也没碰过。和泉蜡庵却战战兢兢拣鱼背的部分小心啃着。

"果然呢，这东西味道不错。"

他左手捏着那张干巴巴的女人脸，右手捏着鱼尾，用门牙一点点刮着鱼肉。

"你不要紧吧？还吃那种东西。"

"不必那么介意。只不过是形状像人脸，仅此而已。其实就是平常的鱼嘛。"

"会吃坏肚子的。"

"这村子里的人，全都吃的是这个。"

餐毕，和泉蜡庵将鱼骨丢进了炉火里。仅剩下骨头的鱼头，因为没有了身体部分，看上去更像人头了。就那样满不在乎地随手往炉子里一扔，让我觉得十分罪过。对待这东西，难道不该像对待人一样，挖个坑，郑重埋掉，上香超度吗？

"这样的鱼，你也不介意，还能吃得下去，真是匪夷所思。"

另外的那条，因为我拒吃，蜡庵便把它用纸包起来，放进了行李袋。

"我吃的又不是人，有何不可呢？"

"那条鱼，或许是人投胎转世变的，所以才长着那样的脸。结果，你把人家给吃掉了。"

"原来如此，死人轮回转生重归世间这种故事，你是相信的啊！"

"我听说过这样的事。"

"可是，那东西只不过长得像人脸而已，就是普普通通的鱼。"

行装打点完毕之后，我二人出发上路，途中拐去村长家，为一晚的住宿道了谢。昨日因为下雨我未曾留意，今天才察觉整个渔村都充斥着一种怪异的氛围。就跟在小屋中感受到无数视线一样，是那种被什么人从四面八方凝视的淡淡的恐怖。莫非……想到这里，我站住脚向周围仔细张望。就在我身旁近处生着一棵树，树表浮凸着人脸。不是真正的人脸，而是表皮的裂纹看上去如此。且不止一张。孔洞部分像是眼睛，一张目无表情的脸；还有因被雨水打湿，看上去好似在哭泣的脸，形形色色。能看到人脸的还不仅是树木的表皮。地面上的水洼、花朵丛生之处，甚至定睛细看，连花瓣颜色的浓淡、虫子身体表面的花纹、掉落的树果的形状……一切的一切，都仿佛生着人脸。

"看来，这座村子本身就是这样啊。"

和泉蜡庵不焦不愁地说道。

我却无法平静。往昔，这地方肯定曾是个古战场，许多人在此丧生，渔村也因此受到了诅咒。我一说出自己的看法,和泉蜡庵笑了。小豆呢,貌似对什么人脸不人脸的全不在乎,倒腾着两条小腿儿,迈着碎步走在我俩中间,偶尔发现只虫子,即便虫背上生着人脸状的斑纹,也不为所动,毫不留情伸嘴就啄。

要往邻近的村子去,必须沿着山坡上的小路往前走。不一会,就下起雨来。我俩又掏出油纸斗篷披上。今日之内若能抵达邻村就好了。可是,我们边走边谈着天,不知不觉间,山路却又断了。

四下弥漫着一股浓浓的土腥味。昨日的大雨造成了山坡塌方,道路也被冲毁了。顺着斜面流下来的大量土砂中,夹杂着栽倒而露出根部的树木以及人力无法搬开的巨石。我与蜡庵合计之后,顺着来路往回走去。尽管我实在不情愿返回那座渔村,但出村的路只此一条,也无可奈何。

正走在回村的半途中,雨大了起来,冻得我俩浑身发冷。于是又把小豆装进袋子,按照与昨日完全相同的路线来到了大海边。沙滩的尽头处,有一座崖壁,上面礁岩嶙峋,交叉堆叠。海浪拍击着崖壁,激起飞溅的白沫。

和泉蜡庵伸手指了指那个方向。

"看,有鱼卡在那里。"

狂暴的海潮冲过来五六条鱼,将它们拍进了岩缝之中,无法逃出。海水不停在岩与岩的间隙流进流出,但以鱼身的大小,却卡住而无法动弹。每条鱼都竭尽全力挣扎着,且全部生着人脸,因为尚未被日头晒干,脸上的皮肤仍旧光洁,甚至可以辨别出年龄与性别。它们各个大张着眼睛,眼珠子几乎都要剥落似的;嘴巴啪嗒啪嗒嗒翕动着,痛苦地喘息不停,仿佛想要翻过礁岩,重新游回大海去。有条看起来仍是孩子脸的鱼,流着眼泪拼命扭动身体,一下又一下地弹腾着,被刺扎扎的岩石表面划得皮绽肉破,血流不止。另有一条长着女人脸的,眼神哀恳,浑身是血,还不停地想要越过礁岩去。侧耳倾听,波浪的飞沫声里,微弱的鱼吟声依稀可闻。模糊不成语句的痛苦呻吟,从它们张开的鱼嘴深处迸出。能发出声音的鱼,以前听都没听说过。此刻眼前所见,就仿佛是地狱的景象。在地狱里,将人丢进一口沸腾大锅中活煮,恐怕就是这样一副光景。想到这里,我对这些鱼同情不已,觉得它们简直太凄惨了。

4

　　回到渔村的我与蜡庵，将泥石流冲毁山路无法通行之事告诉了村长，得到许可，跟昨晚一样仍旧借宿在那间民居里。之后的几天，一直没能出村离去，却是因为我二人都染了风邪。全怪雨中受了寒，冻坏了身子。我俩病得连床也起不来，只能钻在被窝里，望着天井木纹里那些人脸，无所事事。

　　有位好心肠的村人前来探望，为我们准备的饭食，我却一口也没下咽。这座渔村，人们食用的东西大部分产自海里，很少有米饭和蔬菜。不过问题的重点在于，每一样食材里面都浮现着人脸。就连蒸好的米粒，仔细瞧一瞧，白色的表面也凹凸不平，形状看上去好似人的眼鼻。老实说，有的饭粒甚至还能看出生着耳朵状的突起和头发似的寒毛。只要看到一颗这样的饭粒，那么接下来，就会觉得整碗白饭都是一些极小的人头堆成的。青菜呀，还有海边拾来的贝类呀，只要仔细找找，都能在哪里找到人的脸。就连煮芋头，看起来都像是闭着眼睛酣睡的婴儿头。

　　最关键的，还是那位村人料理鱼的方式。和泉蜡庵睡着了没有看到。我躺在被窝里，尽管高烧烧得稀里糊涂，仍睁着眼睛。搁在砧板上的那条鱼，长着张三十多岁女人的脸，被菜刀一抵住脖子，就满面恐惧之色，挣扎着想要逃走。可那村人冷酷地挥刀朝鱼身猛拍，待它没了动静，便迅速剖开鱼腹，掏出了内脏，指尖被鲜血染得通红。那团内脏被村人扔向了垃圾桶，但它掠过的瞬间，我瞧见其中有些奇怪的东西，便胆战心惊地向那人搭腔道："我说，那是……"

　　我伸出手臂，指向垃圾桶。村人自桶里捡出那团内脏，露出不解的神色，好似在说：这玩意儿有啥不对吗？村人捏着的那团脏器中，坠着一块连着脐带的胎儿状的东西。我在很久以前，曾见过人类的胚胎，所以绝不会看错。与其说那东西形状像人，倒不如说看上去白白的、软软的，就是小鱼的样子。因此方才鱼腹中的那一团，绝对就是人类的胎儿不会有错。它不可能是鱼。鱼类是卵生的，怎么可能由脐带跟内脏连在一起生出来。

　　村人没察觉我的恐惧，把切成厚块的鱼肉放入了煮锅中。连带那颗仍旧残留着惊恐表情的女人头，也一起丢了进去，而后盖上锅盖煮了一阵子，香味便在屋里飘散开来。

　　"行了，别再介意了吧。你就当这些东西并不是人。"

　　和泉蜡庵对耿耿于怀的我丢下一句话，接着便把村人准备的餐饭吃了个精光。我好几次用筷子挑起米饭，想往嘴里送，结果都没办到。肚子空空，饿得头晕眼花，也没有进食的欲望，所以体力始终难以恢复。另一边厢，和泉蜡庵或许从食物中摄取了营养，病好得特别快，等到能起身时，就在渔村里散起步来打发时间。

　　"小豆，你也出去玩玩吧。"

我从被窝里向在土间走来走去的小豆说道。

小豆也依旧和蜡庵一样，管它米粒上有没有人脸，都能毫不在意地啄食，因此始终精神满满。它一出家门，我便听见屋外传来孩童们的喧闹声。这座渔村里住的也有孩子，他们对小豆稀罕得不得了，为了瞧一眼它的样子，常在屋子附近转悠，于是被大人们训斥：会被传染风寒的！据说渔村里没有鸡呀猪呀以及牛马之类的动物。孩子们自打生下来以后，还是头一遭看见鸡这种东西。

在这座渔村生活的小孩们，大概从不知道自己每日吃的鱼，样子有什么奇怪吧？我躺在被窝里思索着。在此地，那就是鱼，所以吃掉它们，大约也不会有什么罪恶感；杀掉它们，也不认为是罪孽。我却纠结着，难以将它们送进口中，做不到像和泉蜡庵那么看得开，也无法当它们"仅仅只是蔬菜"，或"仅仅只是谷物"，而总是觉得，这个村子里的一切东西，里面都宿有某种魂魄，绝不可把它们当食物吃下肚去。

这村里的鱼啊米啊，全都是人转世投胎所变，原本是应该生而为人的。杀生而食之，就等同于吃人。我在内心深处这样确信着，因此才对其抱有罪恶感。

和泉蜡庵貌似认为我的这种想法是受了什么宗教的影响。另一方面，他个人一直坚持说，就像地域不同蔬菜形状也会有别，那些东西不是人类，仅仅只是些食材而已。孰是孰非，我无法论断。

患了风寒后五天过去，我依然无法从病榻上起身。如此剧烈的饥饿感，我平生还是第一遭体验，连指尖都麻木起来，身体的状态也似乎逐日在恶化。和泉蜡庵对着不吃不喝的我厉声训斥。然而，我脑子昏昏沉沉地听着他的声音，却无法分辨他究竟真的在骂我呢，还是自己在做梦。总之，我的状态已到了连抬抬眼皮都觉得难受的程度。

昏睡之中，我感到一股稀粥流进了口中。原来是村人抬起我的头，蜡庵端着碗正往我嘴里灌。我攒出浑身力气将二人的手拂开，用指头戳进喉咙，把刚灌进去的东西全呕了出来。和泉蜡庵望着我，有些担忧地嘟囔了一句什么。大概嘀咕的是"瘦得腮帮子都塌了"，或者"不摄取点营养可不行啊"之类的话吧。可惜我耳朵里、脑子里全麻麻的，对他的话一句也没听明白，感觉就好像，怎么连他也变得跟这些渔民一样，净说些我听不懂的。

躺在被窝里，只要把目光投向天井或墙壁，也不知是否饥饿所致，看上去那些木纹都在摇曳。我与木纹中的人脸好几次目光相遇。如此说来，我忽然意识到自己有好一会儿没眨眼睛了。该不会是快死了吧？迷迷糊糊地想到这点，不禁害怕起来。这时，我却注意到倒是有样东西可以填肚止饿。总之，我想起来其实能吃的东西就近在身边。

我从被窝里坐起身，呼唤着在院子里玩耍的白鸡："小豆，小豆，你过来。"美丽的小豆轻轻发出一声笛音般的低鸣，走近前来。黑色的眸子担忧地望着我。我身子有多虚弱，这只鸡也隐隐有所感知。

我轻轻用两手捉起它白色羽毛覆盖的身体，紧紧抱在了怀里。小豆仍未察觉到我的用意，歪着头，有些困惑的样子。或许是刚刚还在院子里玩耍的缘故，白色羽毛散发出阳光的味道。

我用左手攥住它双脚，以防它逃走，右手掐住了它的脖颈，仿佛拧抹布似的，狠狠一用力，就感觉小豆的脖子细得惊人，手心里清晰地传来骨头的触感。

小豆扑腾着翅膀挣扎起来，好像在说：为什么你要这么对我？颈骨在我手中吱嘎作响。它反抗着，想要逃走，似乎在表达不屈的意志：不要啊，不要！我不想死！不想死！不想死……

终于，我手中传来骨头断裂的触感。小豆的身体瘫软地垂了下去。

我剥掉它的羽毛，将它搁上砧板，一刀砍下它的头，扔进垃圾桶，放血，剖开肚子，取出内脏，斩成厚厚的肉块，放进锅里煮。我将小豆的肉吞进口中一嚼，浓香的滋味在舌头上漫溢开来，感到身体深处慢慢涌出了气力。等我吃完，小豆被啃得只剩下一堆骨头时，蜡庵从外面回来了。看着七零八散的鸡骨和丢在桶中的内脏，弄明白我都干了些什么，他向我投来了鄙夷的眼神。

体力恢复后，待到出村之前，又花了两天多时间。若是没吃那只鸡，我恐怕早就饿死了吧。直到离开渔村，和泉蜡庵都没跟我好好说过话，对我的行径十分恼火。我甚至做好了思想准备，觉得两人的关系估计要就此决裂了。然而出了渔村，上了来时的那条路，往前走着走着，就三言两语地又交谈起来。山道中，发现树枝上结着柿子，确认过上面没有浮现出人脸后，我松了口气，高兴起来。

接下来发生的，也依旧同往常一样，当我们抵达町镇，向人们讲起那座神秘的渔村时，不管是谁，都对其一无所知。那是和泉蜡庵这个路痴带来的结果，意料之外抵达的所在，不迷路的话，即使想去肯定也找不到吧。

那之后，我与蜡庵的旅途也仍继续着。一段时间过去，我俩像从前那般恢复了交谈。这样的日子里，某天，却发生了一件事。

我俩来到客栈街，找了间旅馆住下，正拾掇行李时，却从袋子深处，发现了一堆白色的羽毛。我把袋子倒拎着抖了抖，榻榻米上便扑扑簌簌洒落了一地。我捏起一根，擦去上面的泥污。或许是下雨天，小豆被我装进袋子时掉落的吧。一根根收集着落在地上的羽毛，我的手指却打起颤来，心里蓦然腾起一股恐惧，眼泪不停地涌了出来。我呜咽着，啜泣着。和泉蜡庵递过来一只小锦囊，里面装着他捡回来的小豆的骨殖。我接过锦囊，将之紧紧攥在胸前，对于自己所作所为的那份恐惧，却一阵接一阵翻涌着，久久不曾平息。

作者简介

乙一

　　日本著名作家。1978 年出生于日本福冈县,本名安达宽高。17 岁时以《夏天、花火与我的尸体》荣获第六届 JUMP 文学赏。之后又以《GOTH 断掌事件》获第三回本格推理小说大赏,以融合恐怖、悬疑与抒情的轻文学作品著称。作品时而清新凄美,时而黑暗慑人,多元的风格屡被以"白乙一"、"黑乙一"区别之。主要著作尚有《ZOO》、《失踪 HOLIDAY》、《寂寞的频率》、《黑暗童话》等。

译者简介

匡匡

　　旅日青年女作家、专栏作家、译者。日本京都大学西洋艺术史专业博士在籍。代表作:长篇小说《七曜日》,专栏集《许多美好的仗,仍需从头打过》。主要译著:小泉八云《怪谈·奇谭》、乙一《胚胎奇谭》、天童荒太《静人日记》、铃木成一《装帧之美》、东野圭吾《濒死之眼》、清水玲奈《世界最美的书店》等。

你不能理解的远

―――――――――

THE DISTANCE THAT YOU
COULDN'T UNDERSTAND

范晔

七十年代生,西班牙语文学博士,任教于北京大学西葡语系。译有《百年孤独》、《万火归一》、《克罗诺皮奥与法玛的故事》、《致未来的诗人》等,随笔集《镜中的孤独迷宫》、《诗人的迟缓》等。

动物手册

文 – 范晔　　插图 – 冰洁

醒来的时候恐龙仍在那里。

——AUGUSTO MONTERROSO

有时候朋友是这样的：他是正穿越沼泽的恐龙的侧影，你无法抓住那影像，也无法呼叫或提醒他。朋友是奇怪的：他们会消失。他们非常非常奇怪：有时候，多年以后，他们再次出现，大多数已经没话可说，有些还有话说，就说了。

——ROBERTO BOLANO

【刺豚鼠】

【琥珀象】

【讶蓝熊】

【刺豚鼠】　　　　　　　　　　　学名:dasyprocta aguti

　　刺豚鼠是一种很难理解的动物。它们总爱紧紧簇拥在一起,是这样紧,以至于身上的刺深深地扎进彼此的身体里面。
　　它们认为这是取暖的需要。
　　直到一天被问到：你们这样不疼吗？刺豚鼠们愣了。它们终于意识到为对方带来的伤害。每一只刺豚鼠都非常羞愧,就慌慌张张地跑开了。所以今天刺豚鼠都单独生活。只有在某个醒来就会被忘记的梦里,有些刺豚鼠会唤起遥远的回忆。那时候它们一直以为疼痛是温暖的一部分。

【琥珀象】　　　　　　　　　　　学名:elefans achatis

　　琥珀象是生活在琥珀里的大象。散步,思考,洗澡,睡觉：琥珀象一生都在一块指甲盖大小的琥珀里度过。有人看到也没法把它捡走。
　　因为有大象生活的琥珀都非常沉重。

【讶蓝熊】　　　　　　　　　　　学名:ursus lazurd-surprens

　　讶蓝熊看见蓝色就会呀的一声昏倒（所以叫讶蓝熊）,陷入周期不定的睡眠（所以又叫蓝眠熊）。
　　看见蓝眠熊以后做的梦会带蓝色,有时候是蓝头发,有时候是蓝花草。
　　我们还知道：
　　有蓝眠避役、蓝眠蓝鲸、蓝眠长颈鹿。

【原袋熊】

【气球熊】

【照相虎】

【原袋熊】
学名:ursus oriri

怕世界在外边久了会损坏，就收进自己的袋子里。是世界的黑夜。
怕在里面久了会喘不过气来，就从袋子里掏出来。
是世界的白天。声音平淡，样子也普通。
曾经远远的和你一同走在路灯的阴影里。
你从不知道它怀抱着整个世界。

【气球熊】
学名:ursus aer-globus

气球熊就是想要气球的熊。
不过就算有了气球也不知道该怎么办的熊。
气球熊在空气里被风吹得飘来飘去，仍然努力地寻找气球。

【照相虎】
学名:tigris fotus

照相虎是用来照相的虎。
是被拔了牙，剪了指甲，钉在背景墙上的虎。
在美丽的公园里，人们可以很方便地和老虎照相。
照相虎是唯一不会灭绝的虎。
我是照相虎的天敌。

【塔熊】

【火山兔子】

【糟糕熊】

【塔熊】

学名:ursus turris

塔熊是生活在塔上的熊。
塔熊不知道自己是怎么上来的。
不过塔熊知道自己怎么下去。
塔熊从早到晚在塔顶,造一只船。

【火山兔子】

学名:romerolagus diazi

　　比一般兔子的耳朵圆一些。 火山兔子生活在火山。 火山兔子常常挖很深的洞。一直挖到火山的心脏。很少有人知道火山的心脏是冰凉的。
　　我只在动物园见过火山兔子。
　　地上有一丛一丛的枯草,彼此间离,互不连接。
　　每一丛草里有一只火山兔子。
　　时时都独自待着,时时都和大家在一起。
　　我常常想起火山兔子。

【糟糕熊】

学名:ursus fatalis

　　糟糕熊真糟糕。 有一个人看见糟糕熊,糟糕!
　　叫了一声好像想起来什么似的,就匆匆忙忙地走了。
　　糟糕熊也不知道为什么。
　　真糟糕。

【婴河马】

【板凳虎】

【婴河马】   学名:hippopotamus infans

婴河马只生活在有盒子的地方。
一个盒子里可以住下一头或者更多的婴河马。
盒子多大,婴河马就长多大。
婴河马只在盒子里的时候有视力。
婴河马能看见黑暗的不同颜色。
和婴河马生活在一起的通常是一些只在纸上大声说笑的人。
有些人在膝盖上捧着婴河马的盒子可以坐上半天。
有时候突然会觉得婴河马离自己很远,手指就把盒子扣得更紧了。
婴河马呼吸的声音很难形容。
有一点儿像雪在融化,像头发在手指上缠绕摩擦。有婴河马的人彼此间容易相认。
不过他们中间的大多数没有这样的机会。
你说:盒子。
如果这个人听了就笑了,就眉毛一耸,就手指一颤,就回过头来,就扑上来熊抱,咬人,就转过头去,就突然不做声,就牙齿咯咯响,就兔子一样跑掉,你就知道,这个人一定有,有过自己的婴河马。

【板凳虎】   学名:tigris bank

从前世界上没有板凳,只有板凳虎。
板凳虎是想当板凳的虎。
它的花纹明亮坚硬。
当有人把它当做板凳坐上去的时候,板凳虎就忘记了自己,并且感到幸福。
板凳虎有极大的耐心。
耐心失去的时候才把坐在上面的人吃掉。
板凳虎自己也会因羞愧而死。
板凳虎曾经数量众多,遍满地面,终于还是灭绝。几乎所有的板凳虎都死于饥饿。

【笼马】

【写字熊】

【磁铁犀牛】

【笼马】　　　　　　　　　　　学名:hippos jaole

笼马是带着笼子一起出生的马。
刚出生的时候笼子还柔软,湿湿的贴在身上。
幼马挣扎着站起来,笼子先是蜷曲着,然后慢慢执拗地坚立,像蝴蝶的翅膀暗中伸展。
笼马一生在自己的笼里。
死的时候笼子也枯萎。
笼马热爱奔跑。
那一夜你听见不间断的奇异声响,你知道那是笼马拖着自己的笼子自由奔跑。

【写字熊】　　　　　　　　　　学名:ursus scribens

写字熊是有袋熊的的一种。
每天在自己的袋子里写字。写字熊爱写字。只在自己的袋子里写字。写了也拿不出来。谁也看不见,自己也看不见。
写字熊越写越起劲。老虎把它吃掉以后想了想,嗯,这只熊有点诗的味道。

【磁铁犀牛】　　　　　　　　　学名:rhinoceros magneticis

狮子老虎象。磁铁犀牛什么也不怕。
磁铁犀牛就害怕另一头磁铁犀牛。 刚远远看见,就匆匆跑开。
如果不小心,磁铁犀牛和磁铁犀牛就会吸在一起!永远不能分开。

【梯子熊】

【寂静熊】

【梯子熊】

学名:ursus scalaris

梯子熊就是生活在梯子上的熊。
离开了梯子就会变得衰弱。
每只梯子熊都有自己的梯子。
熊长一点儿,梯子也长一点儿。
有的梯子是蓝颜色的,有的梯子是毛茸茸的。
有的熊每天不停地从梯子的这一头到那一头。
有的熊永远在梯子的一级上,看看这一头,看看那一头。
有时候两架梯子相交,两只熊也会相遇。
有时候很高兴地打招呼和熊抱(都在梯子上)。
有时候一只熊看着另一只熊,心里很困惑。
梯子熊的事先说这么多,我要回到我的梯子上。

【寂静熊】

学名:ursus silentium

寂静熊到哪里哪里就一片寂静。
不知道为什么,你在一只寂静熊的旁边,就突然不想说话。
不出声,静静地待着。
所以寂静熊想找个人说话是很难的。
寂静熊和寂静熊在一起也不说话。
都在想怎么才能把真正想说的话说出来。
还要想真正想说的是什么。
这样就来不及说话。
这就是为什么我们总看见寂静熊在一起,但很少听到寂静熊说话的声音。
寂静熊偶尔听见自己的声音也会有一点儿吃惊。

霍小智
女，1985年出生于天津。
诗人、漫画家。
著有《小纸人》。

少废话

文图－霍小智

　　我想用最简单的黑白线条漫画表现这种情境与语言的结合，抛弃所有多余的东西（色彩、装饰等），尽可能简化，只留下最关键、最重要的部分，让看的人也能不受多余元素的干扰，专注于情境的细节和语言的细节，以及这两者细节之间的关系。

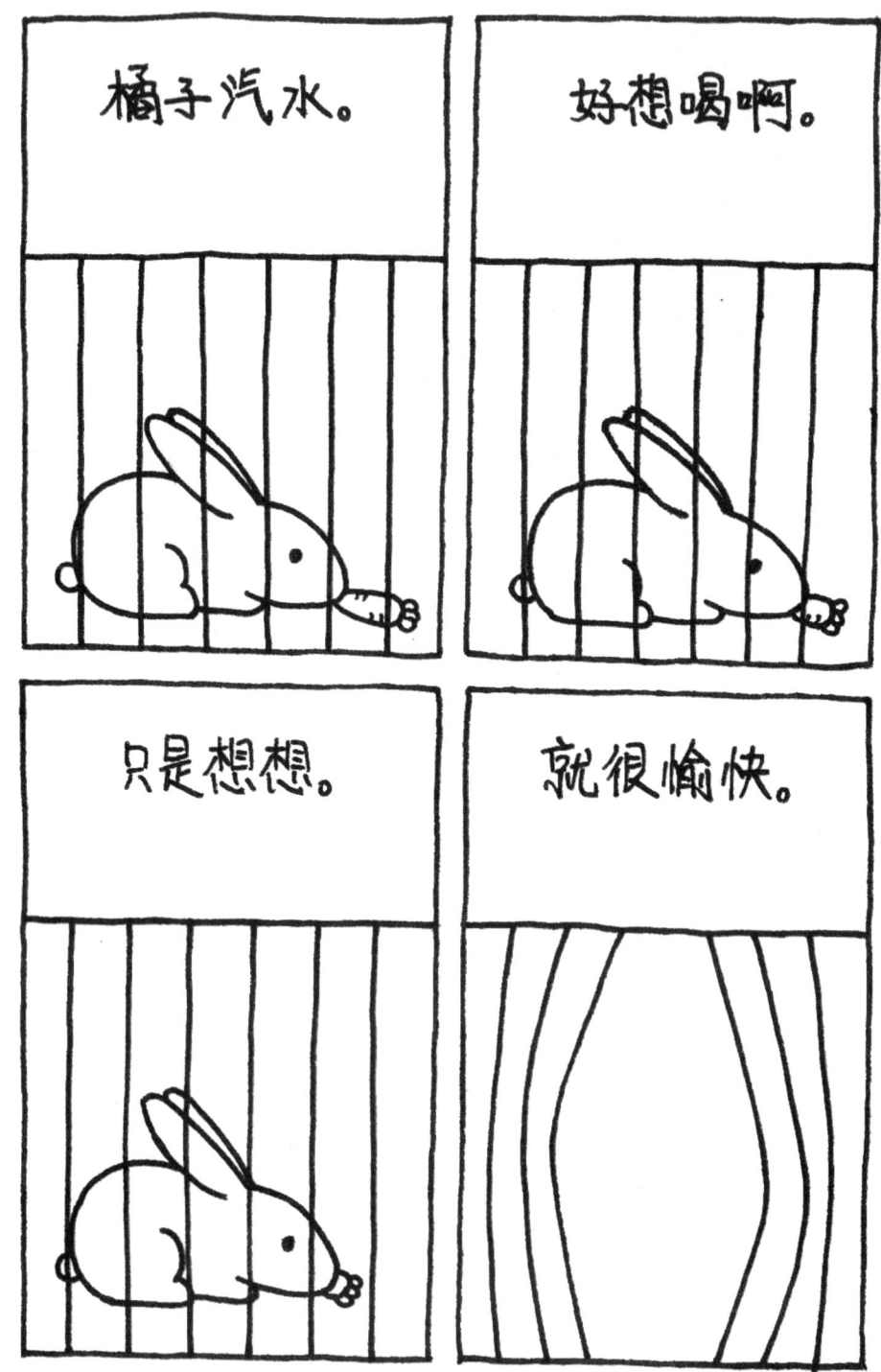

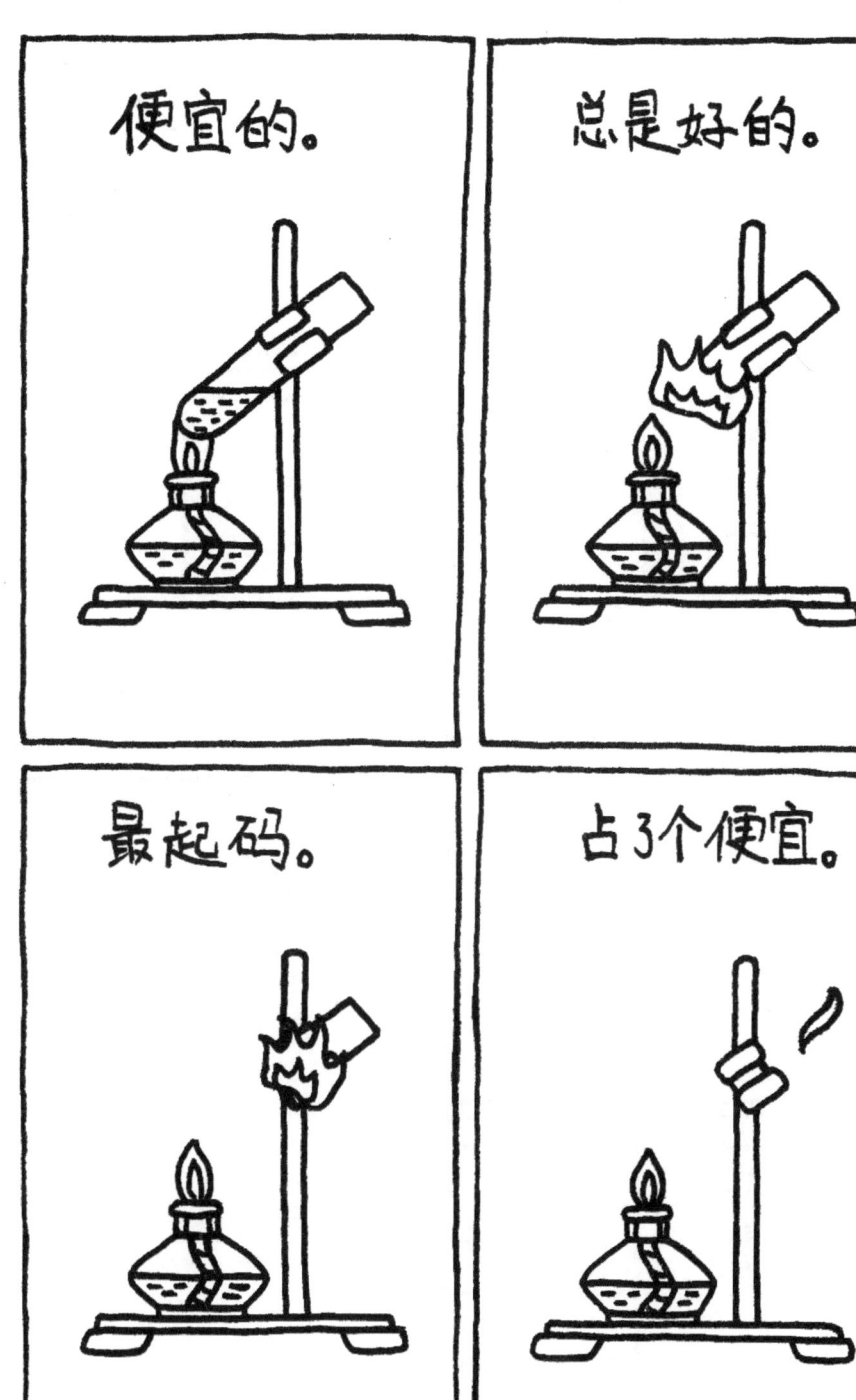

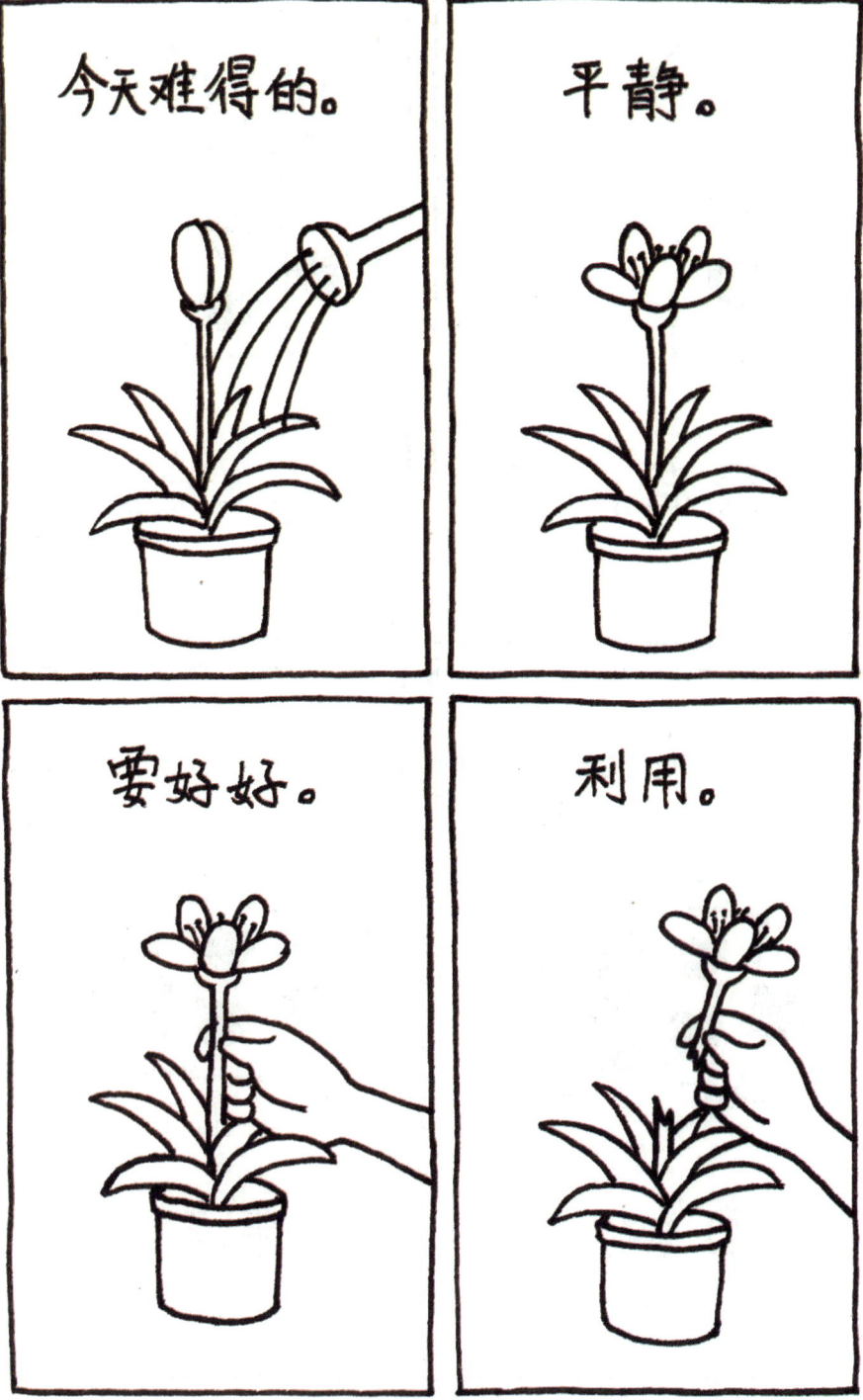

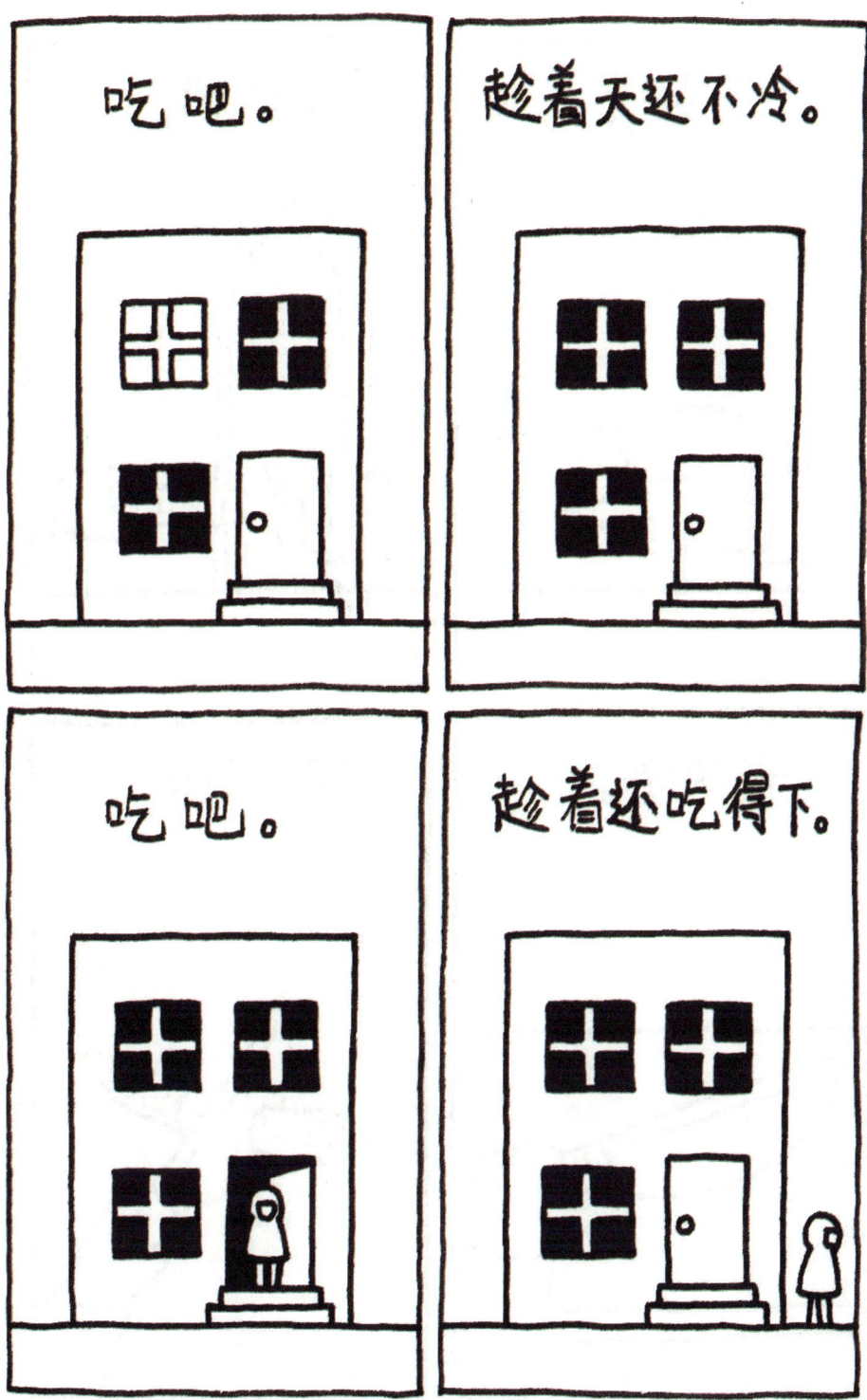

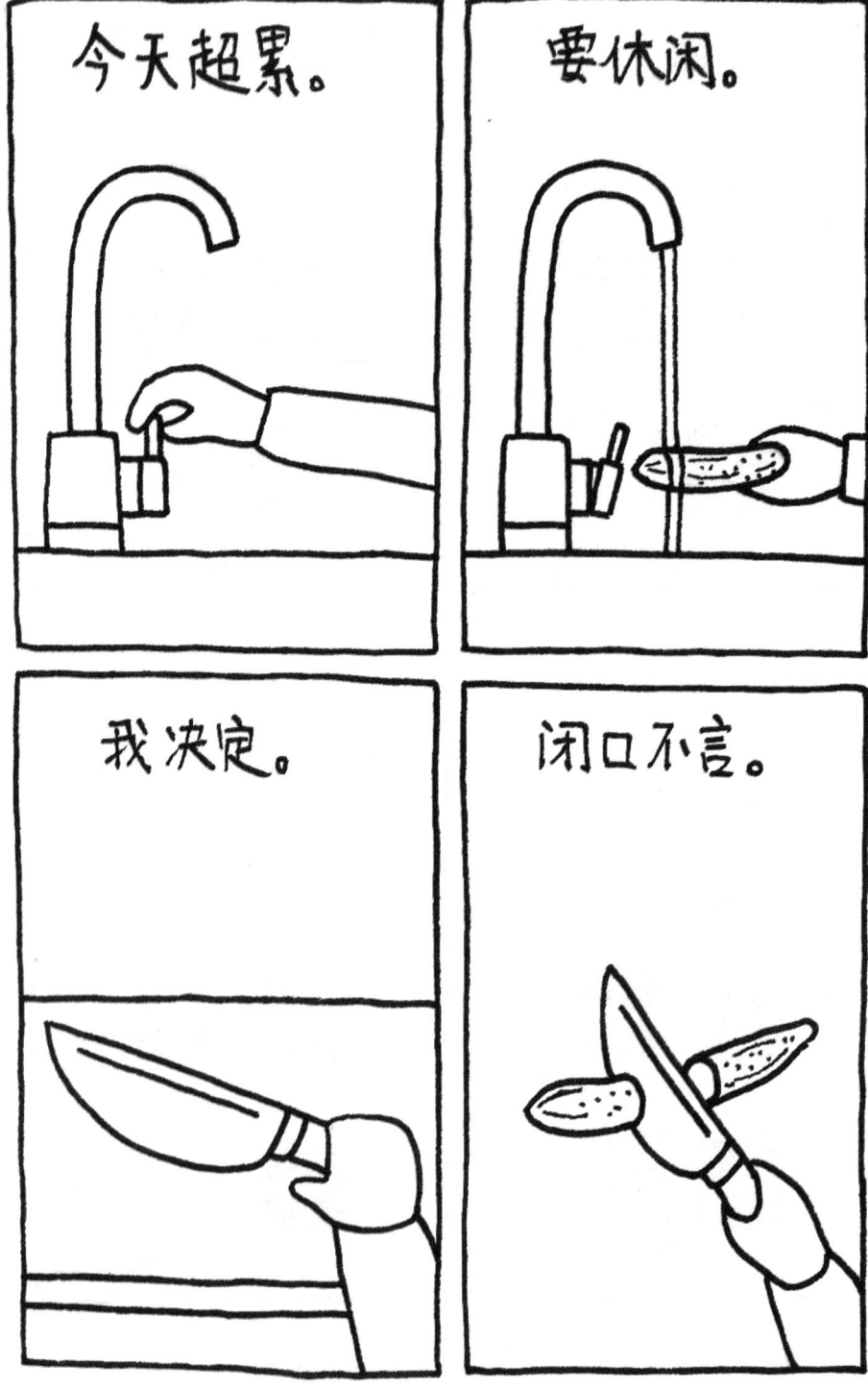

阅
微

————————————

READ DETAILS

朱琺
小说家
高校教师
悖论爱好者
越南古籍达人
自封前西湖湖长
形式主义狂热分子
妖怪向博物学发烧友
博卡（文学）青年队副队长
致力于中华杜撰学、中华附会学、中华影射学
另名"马达＋S＋狐猴""子不语鸟兽鱼虫"

本文图片均由作者提供

人面蛇

文 - 朱琺

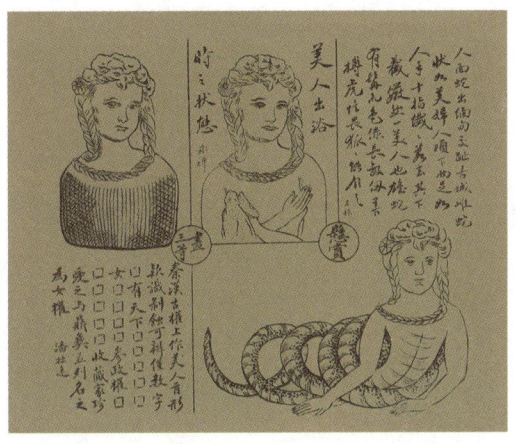

图一

    交趾人面蛇的悲欢,以及这个物种丰富而离奇的事迹,自始至终,我知道得不算很多。

    我是翻阅一百年前的旧刊物,才偶然得知交趾有人面蛇的。在著名的《时事新报》每期附送的画报中,1912 年有一张,将一枚很可疑的秦汉美人首古权图、一位很无趣的美人出浴图和一条人面蛇并列(图一)。

    人面蛇部分,有署"呆槑"的作者配文,如下:

> 人面蛇出缅甸、交趾古城。雌蛇状如美妇人,项下两足如人手,十指纤纤,若去其下截,俨然一美人也。雄蛇有髯毛,色绿,长数仞。善搏虎,性畏狐。狐能食之。

    呆槑其人暂不可考证,显然是个嗜好形式主义的笔名。人们多半不认识后一个由两个"呆"字所构成的槑字,大概只能把"呆槑"理解并默读成"一呆二呆"或"呆、呆呆"之类。事实上,槑是梅花的"梅"的异体字,象形或会意,即每一个"呆"字都是一根枝条上的一朵梅花开放或一个梅子成熟,所以该说成是一朵两朵梅花,或梅子一两颗。(就像鲁迅笔下孔乙己说到"回"有四种写法一样,"梅"

图二

有不少于四个异体字:"某"是其古字,《说文》释"酸果也",注解《说文解字》的清代学者段玉裁以"甘者,酸之母也"来解释其上从甘的原因;后由于语义分化,也写成"楳";《字汇》并记有一个"坆",长得像墳墓的"墳"的简体字,也确实多用"坆";以及用了不同声符的"栂"。"槑"字乃古文即大篆的写法,从口不从甘。)我最早认得"槑"字是因为《雙槑景闇》丛书。其中内容博杂,多集录古代色情文献,乃清末民初湖南人叶德辉所编刻,叶氏以著名藏书家、刻书家和版本目录学家称于当时,人谓"读书种子",政治立场则很保守,后来惨死于湖南著名的农民暴动。

从 1912 年《时事新报》那一期画报内容来看,呆(稍顿)呆呆或梅单双,并非其图的绘者。该画报的配图若与晚清《点石斋画报》对照,便可知其拙稚。但凡女人,都是一样的发饰辫型与相似的眉目表情,还不止一期若是(图二),可知其不高明的绘者大概是同一个人。

不过,存在着另一种说法是,《时事新报画报》一直都只用同一个女模特,她呆板的造型甚至在同一张画报中重复出现,是明确要呈现某种古今中外的画报都不具备的寓言气息。这当然也惠及了传说中交趾以及缅甸若干古城中的人面蛇,使之别具在文本之外由形式反哺的深义,而更丰富和怪异于当代人更熟悉的,我们在二十世纪末的动画片《葫芦兄弟》与电脑游戏《仙剑奇侠传》中所见到的蛇精以及女娲后裔。

不过,交趾人面蛇的说法,却还不以《时事新报》为最早。我在十九世纪八十年代末的《点石斋画报》上即找到了一副吴友如画的《美人蛇》(图三),今笔录其文字如下:

美人蛇

交趾山中产有一种异蛇。头如美人,发光可鉴。朱唇翠黛,风致嫣然。两臂弯如雪藕,十指纤似青葱。双乳隆起,鸡头软红。以下则全具蛇形,但肤致滑腻耳。性柔媚,善伏虎。虎狎玩之,辄受夷伤。土人莫得而名,呼为美人蛇。其名则脂粉也,其实则虺蜴也,可畏也。而或者曰:余久客沪上,司空见惯。四马路棋盘街,其巢穴也;但狎之者悦其上半截之美,而忘其下半截之毒耳。

〔清〕《点石斋画报》二集·辰

其文前半段使用骈句套语,来形容交趾人面蛇上半身犹如国色天香般的匀称之美。下半段则在写其下体为蛇形以及伏虎之能后,发表议论,称其"可畏",又假托他人的意见,以蛇来比况上海四马路上的蛇蝎美人。

图三

四马路,是指沪上南京路向南第四条东西走向的平行线,即福州路,现在犹有书店街之谓,在上个世纪的上半叶,则有一半红灯区一半书店街的盛况,革命者,买春客,文化人,形形色色,鱼龙混杂,算是旧上海特别繁华有韵味的地方。据此文则可知,其色情传统一直可以溯及十九世纪后期上海开埠之后。

其实,美人蛇或美女蛇,以及蛇蝎美人的说法都是开埠之后的现代性产物,不见于古籍。我能找到的最早一处蛇蝎美人,是联华影业公司 1935 年摄制的黑白默片。此前则无此明确的成说,即使唐传奇《李娃传》那样涉及欢场之溺(男)人故事的,文中也没有类似譬喻。至多如明代说部《禅真逸史》第三十八回中有"上人视色如蛇蝎,智士视色如仇敌"一句,以蛇蝎作为女色的比方;但此喻体仅有丑陋恶毒义,换作骷髅等物亦无不可,还是不同于如今的意味,兼有美色诱惑与戕害身心的双重功能。甚至因其有毒,美女蛇尤具一种可唤起雄性征服欲望的媚感,故而成为现代文艺中女性角色的一种类型;其背后除了对男性审美新趣味的迎合,同时应该也有女性越来越自由自主的主体意识。

关于美女蛇的说法,更直接并更具有影响的来源,应该是在白话文时代的早期,鲁迅那篇《从百草园到三味书屋》。其文早早被纳入语文教材(图四)及读物的清单中,故而广为人知。其故事的内涵虽然称不上少儿不宜,但基本上是少儿不解的,乃内向苦读的古代书生之性幻想即奔女情结,以及更强烈的规训与恐吓,以及借助佛教符号与神通法宝而申发的教诲意义。

不过,词语虽到现代才有,浸润了现代意识;但是包括鲁迅文章中长妈妈即保姆阿长所讲的越地(浙江)故事,以及前文所引十九世纪末到二十世纪早期两种上海的画报所载交趾人头蛇的情节,却都可以找到古典渊源。须知人面蛇身的造型是中国神话中常有的造型,共工、烛阴、相柳、贰负等,广见于《山海经》,都是各种人面蛇身。尤其还有具备大神神格的伏羲和女娲。在上古的文献以及图像中,大多就是这个样子。古籍有时称之为"鳞躯";图像包括汉画像石,常画二人持圆规与矩尺,两尾交缠之状,以示其夫妻身份,以及制订"规矩"即婚姻制度的重大意义。

但这里所谈人面蛇,与这些汉文神话颇有隔膜。越地故事中,蛇唤人名,而飞蜈蚣能克杀之云云,清代王士禛的《池北偶谈》卷二十二有《叫蛇》一篇,称是粤西即广西的事情,与之相似。而更早在明代谢肇淛的《五杂俎》中说是"岭南"。清代康雍年间有位叫陈鼎的人写过一本《蛇谱》,其中叫它"唤人蛇",说的最为精确:广西近交趾的山里有这种蛇,它们伏在道路旁边的草丛里,以标准的中州话,也就是普通话发出"何处来哪里去"六个音节。如果行人没有准备,误回应了的话,即使逃出数十里,也会在接下去的漫漫长夜里,被蛇赶上,破门而入,吃了便走。蛇的速度快若一阵腥风,但是比它更快的是飞蜈蚣,它的天敌。

这里说到广西近交趾的山里,也就是现在地图上标名为"十万大山"的所在。蛇类活动没有国界线,不必护照签证,更何况唤人蛇行动如风呢。据此,交趾必也有分布。《蛇谱》紧接着"唤人蛇"之后的一种即是"人面蛇"——阿长的故事就是把这两种蛇糅合在了一起——人头蛇身,很可能就是《点石斋》和《时事新报》两份画报中相继刊文配画的出处。

人面蛇

雌蛇状如美妇人,项下有两足,如人手,十指俱具。雄蛇有髯而色绿,长数仞。雌雄交则相鸣,声如吼。善搏虎。畏狐,见狐则蒲伏不敢动。狐从容啮其尾,血出则蛇死。呼群狐负之,归穴以为饮。缅甸、阿畦、占城、交趾,及八百媳妇国诸山俱有。

〔清〕陈鼎《蛇谱》,昭代丛书本

从这里的记载中可以看出,《点石斋》发挥较多,前文提到其寓言意味更加显豁;所以根本不提雄蛇,但其实雄蛇的绿胡子还是颇有附会的。《点石斋》文中"性柔媚,善伏虎"两句,蓦然而至的转折,颇妙。"虎狎玩之,辄受夷伤"也是《蛇谱》未有,而属近人想象与增补,并见于画幅:吴友如笔下的老虎侧身露腹,抬爪缠尾,蚩蚩而笑,与蛇嬉玩,一副甘之如饴,不知危险将至的样子,讽喻豪强男子受蛇蝎美人的蛊惑,英雄难过美人关。

《时事新报》的文字更接近《蛇谱》,只是省略了阿畦、占城和八百媳妇国。

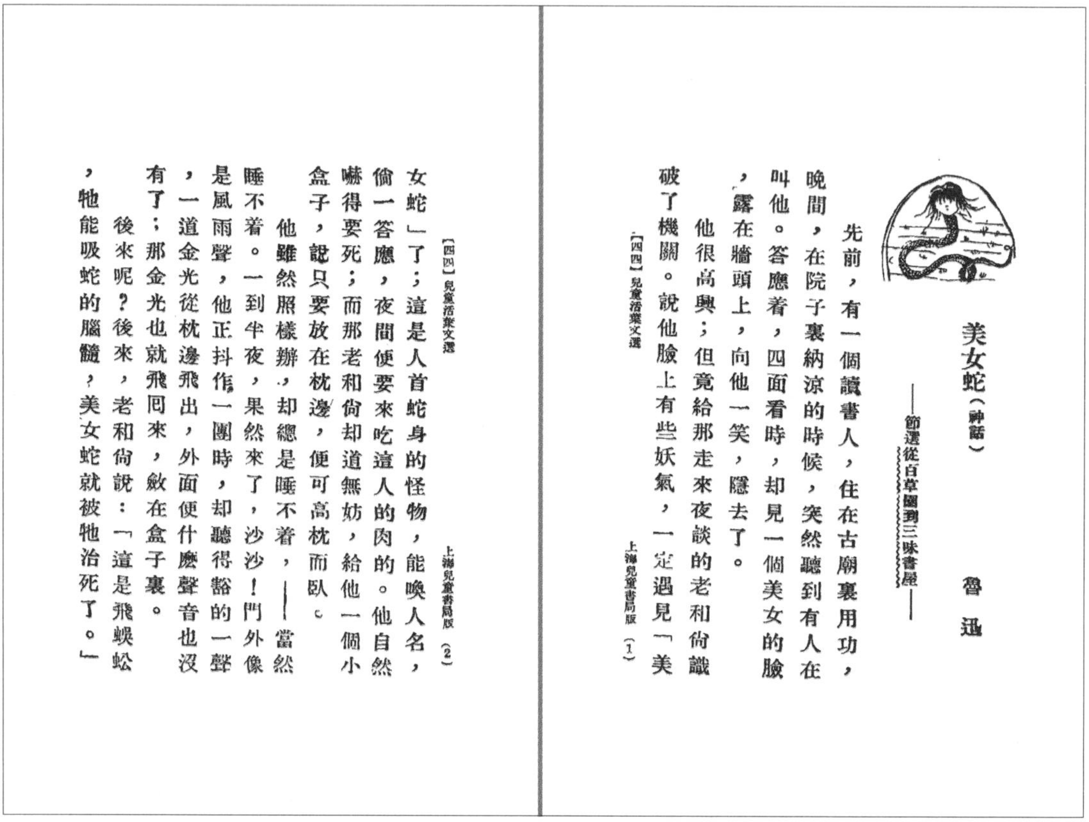

美女蛇（神話）　魯迅

——節選從百草園到三味書屋——

先前，有一個讀書人，住在古廟裏用功，晚間，在院子裏納涼的時候，突然聽到有人在叫他。答應着，四面看時，却見一個美女的臉，露在牆頭上，向他一笑，隱去了。他很高興；但竟給那走來夜談的老和尚識破了機關。說他臉上有些妖氣，一定遇見「美女蛇」了；這是人首蛇身的怪物，能喚人名，偷一答應，夜間便要來吃這人的肉的。他自然嚇得要死；而那老和尚却道無妨，給他一個小盒子，說只要放在枕邊，便可高枕而臥。他雖然照樣辦，却總是睡不着，——當然睡不着。一到半夜，果然來了，沙沙沙！門外像是風雨聲，他正抖作一團時，却聽得豁的一聲，一道金光從枕邊飛出，外面便什麼聲音也沒有了；那金光也就飛回來，歛在盒子裏。後來呢？後來，老和尚說：「這是飛蜈蚣，牠能吸蛇的腦髓，美女蛇就被牠治死了。」

〔四四〕兒童活葉文選　上海兒童書局版（1）

〔四四〕兒童活葉文選　上海兒童書局版（2）

图四

这也是对的。占城早已被交趾吞并，八百媳妇国归在缅甸，而阿畦不详其地（《明史》有载："剌泥而外有数国，曰夏剌比、四奇剌泥、曰窟察泥、曰舍剌齐、曰彭加那，曰八可意，曰乌沙剌踢，曰坎巴，曰阿畦，曰打回。永乐中，尝遣使朝贡。其国之风土物产，无可稽。"未详何国）；唯独"古城"二字在两相对勘之下显得很突兀，但有了鲁迅所记故事，可知是受类似古庙精魅故事的影响，那位呆骉先生于是就不管其后说到它"善搏虎、性畏狐"的品性是否与城市冲突了。它当然可以被理解是"占城"两个字的讹变，但我更愿意它是城市的废墟，令人兴有"黍离之悲"的芜城，已经成了野生动物的乐土，狐狸乃至老虎甚至还有这种人面蛇身的怪东西，都在残垣断壁间出没。

值得注意的是，人面蛇不止只有人面而已，还有一双人手。但即使人类的文献也承认其十指纤纤，从《蛇谱》到《时事新报》却依然称之为"足"，可知它从来都被坚决地划在异类中，虽然上半身与人一样无二，甚至雄性更加轩宇，雌性姣媚异常，有类于西方人传说中的海妖或者美人鱼，但人面蛇却只居住在人类已经抛弃的地方，与遗址相互映照。

我不清楚，人面蛇的生物性状与习性，是应该被构架并阐释为蛇类的进化，还是人类的保守、退化与返祖？这关系到它们与古城之间更加确切的关系：是向往还是留守，是它们寻求认同未果，还是我们遗弃了那一部分人？两难选择彰显出人面蛇真正的奥义：它成了文明状态里某种悖反与荒谬的镜像，历史进程中些许倒错与混乱的象征。所以，关于它们与人类个体之间具体的各种遇合，显得无足轻重。

唯一还富有义蕴的是人面蛇在生物链上的位置，它与不同动物的相互吞噬。人面蛇雄踞在山林之王的上方，列在以各地传说拼凑成的那份叫做老虎天敌的短名单上。但同时，它又反被狐所克制。这于是构成一个与战国那种文明形态中出现的典故"狐假虎威"相颠倒的隐喻，以及一种三项式最简单的循环制衡关系：人面蛇不敌狐——狐不敌虎——虎不敌人面蛇。漫长的蛇躯是牵引这一循环的那条富有弹性的线。而线条终点处，人面蛇的尾巴，也是它最关键的弱点所在。按照《蛇谱》的说法，那里，也就是人面蛇与人之间的距离最远的地方，一出血，它就完蛋了。即使它僵直成美丽的雕塑，狡猾的狐也不会放过它，一口见血，还吆五喝六，呼朋引伴，一起抬上人面蛇，回家做饮料畅饮。——想想吧，那个时候，在狐的巢穴里，长长的蛇躯成了一根吸管，一头接着狐的嘴巴，一头还保留着人类的上半身。参照人类，我们可以知道人面蛇那作为蛇的下半身是怎么来的了，它可能是被吮吸得变形的结果，也可能是提防被榨取的预先设置。

但在可怕的狐面前，这都是无效的挣扎。所以，即使那些还活着、还没来得及遇上狐的人面蛇，在交趾及其他地方各座古代城市的遗迹中，虽然还保留着人类的头脑和双手，终究也是徒劳。

可怕的童谣

文 – 戴维

戴维
女。
诗人、评论家。
1978年出生于杭州。
现居杭州。

1

晒脑袋，晒脑袋。
你有几个脑袋？
我有一个脑袋。
晒什么晒？晒太阳晒。
晒太阳，晒太阳。
你有几个太阳？
我有一个太阳。
晒什么晒？晒脑袋晒。

2

吃火锅不拉大便。
吃火锅不拉大便。
吃火锅不拉大便。

3

一个喷嚏嘻嘻嘻，
两个喷嚏咦咦咦，
三个喷嚏嘘嘘嘘
四个喷嚏吁吁吁，
五个喷嚏唧唧唧，
六个喷嚏嘿嘿嘿，
七个喷嚏吼吼吼，
八个喷嚏呼呼呼，
九个喷嚏叽里哇啦感冒啦。

4

小乖乖，东张张，西望望，
东边冒出个小棉袄，
西边冒出个大龙袍。
小娃娃，东香香，西相相，
东边冒出个大肉包，
西边冒出个大灰狼。

5

尿儿黄，尿儿黄，
比比谁的尿儿黄。
韭芽儿黄，鸡蛋儿黄，
不如我的尿儿黄。

6

一个小姑娘，小脸脏脏脏，
鱼儿舔上嘴，小猫上鼻梁。
她想躺下来，躺躺躺躺躺
躺到妈妈怀里，叫乖乖，
捉痒痒。

7

年初五,吃汤圆。
汤圆吃了脸蛋儿圆,
肚皮儿圆,脚爪子圆,
屁股蛋儿圆,眼睛鼻子都圆圆。
财神圆圆,红包圆圆,
拉出的便便金元元。

8

姐妹花,姐妹花,
姐姐妹妹都是花。
吃掉姐姐,再吃妹妹,
姐姐已经变粪渣。

9

六十米,
大肚皮。
八百六十米,
三个大肚皮。
一个八百六十米,
三点五个大肚皮。

10

妹妹妹妹美美美,
没没没没妹妹妹。
胖屁股,短短腿,
还有一个大脑袋。

11

胖脸儿穿新衣,
扣子都扣不上。

12

我们的口号是,
要当就当总经理。
皮包公司,专骗骗子。
骗子死光光,我们发大财。

13

黑暗中,我问她,
"你在吃什么。"
"吃鼻屎。"
"不要吃鼻屎了,豆豆。"

图书在版编目（CIP）数据

抟物／周公度主编．—北京：国际文化出版公司，2016.4
ISBN 978-7-5125-0838-5

I．①抟… II．①周… III．①杂文集－中国－当代 IV．① I267.1

中国版本图书馆 CIP 数据核字（2016）第 014866 号

抟物

总策划	刘汝斯·拾文化
主　编	周公度
责任编辑	潘建农
统筹监制	葛宏峰　李　莉
策划编辑	李　莉　陈　静
特约编辑	赵　宁
美术总监	刘鱼普　张二冬
封面设计	安　妮
市场推广	周国瑞　张楷玉
出版发行	国际文化出版公司
经　销	国文润华文化传媒（北京）有限责任公司
印　刷	北京文昌阁彩色印刷有限责任公司
开　本	787 毫米 ×1092 毫米　　　16 开 12.25 印张　　　　　　　　257 千字
版　次	2016 年 4 月第 1 版 2016 年 4 月第 1 次印刷
书　号	ISBN 978-7-5125-0838-5
定　价	39.80 元

国际文化出版公司
北京朝阳区东土城路乙 9 号　　邮编：100013
总编室：（010）64271551　　传真：（010）64271578
销售热线：（010）64271187
传真：（010）64271187-800
E-mail：icpc@95777.sina.net
http://www.sinoread.com